姑の遺品整理は、迷惑です

垣谷美雨

双葉文庫

目次

姑《しゅうとめ》の遺品整理は、迷惑です

1

やっと四階に着いた。

それにしても息が切れる。姑《しゅうとめ》の多喜《たき》が七十代後半になってもなお、エレベーターのない団地に住み続けていたことを考えると、そのバイタリティには頭が下がる。とはいえ、そのあり余るエネルギーのせいで、嫁の自分は長年に亘《わた》り迷惑を被《こうむ》ってきたのだが……。

それにしても、遺品整理というのは何日くらいかかるものなのだろうか。

姑と聞けば、真っ先に「安物買いの銭失い」という言葉を思い浮かべる。となれば、ゴミは相当な量になるかもしれない。

あっ、もしかしてゴミを出しに行くたびに、この階段を上り下りしなければならないとか？

……当たり前じゃないの。エレベーターがないんだから。

次の瞬間、恐怖心に似たような不安でいっぱいになった。五十歳を過ぎたあたりから、望登子《もとこ》は体力の衰えを感じることが多くなっていた。

姑の葬儀は先週終えたばかりだ。あんなに元気だった人が脳梗塞《のうこうそく》であっけなく逝《い》ってしまうなんて考えてもいなかった。夫は一人っ子だし、相変わらず残業が多いので、自分一人で片づけに通わなければならない。郊外の3Kで、更に駅からバスという不便な場所なのに、家賃は月八万円もする。それを思うと、のんびりしてはいられない。一日も早く片づけて退去しないと、誰も住んでいない部屋に家賃を払い続けることになる。

十数年前、舅《しゅうと》が亡くなったのをきっかけに姑は二階建ての一軒家を売り、同じK市内にあるこの団地に引越してきた。それまで住んでいた戸建ては、大きな掃き出し窓のある部屋が一階に二つもあるから、女の年寄りが独りで住むには物騒だというのが理由だった。引越し先を息子夫婦の家の近くではなくK市内にしたのは、近所にたくさん知り合いがいて、この町を離れたくないからだと聞いていた。

戸建てに住んでいた頃は、孫を連れて遊びにこいと毎月のように呼びつけられたものだ。だが、この団地に引越してからは、もう孫が大きくなっていたこともあり、それほど頻繁には呼び出されなくなった。だから望登子は、この団地や周辺のことにはあまり詳しくなかった。

ドアの前に立ち、「堀内康夫《ほりうちやすお》」と舅の名が書かれた表札を見上げた。舅はこの団地に住んだことはないのだが、表札は男性名の方が防犯上いいのだと姑から聞かされたことがある。

望登子はバッグから合鍵を取り出し、鍵穴に差し込んだ。

一瞬、心がシンとなる。

姑が不在のときに、部屋の中に入るのは初めてだった。

重い鉄のドアを手前に引く。

生ゴミの強烈な臭いを覚悟していたが、意外にも何の臭いもしなかった。冬だからか、それとも食材はすべて冷蔵庫に入っているのか。

足を一歩踏み入れたとき、思わず動きを止めた。部屋の奥の方で足音が聞こえた気がしたからだ。

息を殺して耳を澄ませた。

するすると窓を開ける音？　それとも閉める音？

誰か、いるの？

……まさか。

そういえば、いつだったか、上下階や隣室の音がよく聞こえると姑が言っていたことがあった。なにしろこの団地は築四十年以上だから無理もない。

狭い沓脱《くつぬ》ぎを見下ろすと、ウォーキングシューズが行儀よく二足並べられていた。白地に紫色の花柄の物と、もう一方はゴールドだ。花柄や派手な色が好きな人だった。

姑は戦後、青森の女学校を出てから行儀見習いとして上京したと聞いている。当時は花嫁修業として、都市部の上流家庭で住み込みで働きながら礼儀作法や家事を仕込んでもらう風潮が日本全国にあったらしい。姑は文京《ぶんきょう》区だか荒川《あらかわ》区だかの教育長の家にしばらく世話になり、そこの奥様の紹介で、同じ青森から出てきて鉄鋼メーカーで働いていた舅と結婚した。つまり姑は故郷には帰らず、かれこれ六十年以上も東京で暮らしてきたことになる。だが、この花柄の靴を見ればわかるように、洗練された都会的感覚はついぞ身に付かなかったようだ。

そんな姑に比べて、十五年前に亡くなった実家の母はセンスのいい女性だった。生涯を北陸で過ごした母は、常にＴＰＯをわきまえていて、地味めではあったが、普段から上質で品のいい物を身にまとっていた。花柄の靴なんて間違っても選ばなかった。

望登子は、姑の派手な靴を横目で見ながら黒革のブーツを脱いできちんと揃《そろ》え、廊下にそうっと足を忍ばせた。泥棒でもあるまいし、こそこそする必要はないのだけれど、天井付近に姑の霊が漂っているような気がしてならない。

不在のときに住み処《すか》を見られるのは誰だって嫌に決まっている。親しい茶飲み友だちが来たときだって、せいぜい部屋の中をさっと見回す程度だろう。それなのに、もとは他人だった嫁の自分が、引き出しの中もタンスの中も押入れの中も全部見ようとしている。そして、要《い》る要らないの判断を勝手に下し、使えそうな物は持ち帰り、それ以外は容赦なく捨てようと考えている。

——勝手に捨てないでちょうだいっ。

もしも姑が生きていたなら、金切り声を上げるだろう。

短い廊下を数歩行くと左手にキッチンがあり、床に段ボール箱がぽつんとひとつ置かれていた。覗《のぞ》いてみると、レトルト食品や紙パックのリンゴジュースなどがぎっしり詰まっている。何事にも手早かった姑も、さすがに寄る年波には勝てなくなったのだろうか。食事作りが面倒になってきていたのかもしれない。

流しには湯呑《ゆのみ》がひとつと急須が置かれている。急須の蓋《ふた》を開けてみると、茶殻《ちゃがら》が干からびていた。

冷蔵庫のドアに手をかける。

「すみません、開けますよ」

知らない間に口の中で小さくつぶやいていた。

死後の世界など露ほども信じていないのに、今日に限って姑に見られている気がして仕方がない。

恐る恐る冷蔵庫を開けてみると、庫内が薄暗くなるほど食品がぎっしり詰め込まれていた。玄関からここまで、それほど埃《ほこり》が溜《た》まっていなかったから、冷蔵庫の中もすっきりしているだろうと思ったら大間違いだった。

瓶詰めがたくさんある。マーマレードにイチゴジャム、ブルーベリージャム、ピーナツバターに黒ゴマペースト。「夏みかん」と手書きのシールが貼ってあるジャムは手作りだろうか。奥の方には鮭フレークも見える。佃煮《つくだに》の小瓶も色々だ。椎茸《しいたけ》入りの海苔《のり》、小女子《こうなご》、雲丹《うに》、鯛味噌《たいみそ》、刻み生姜煮《しょうがに》……全部で三十個はありそうだ。どれもこれも食べかけで、少ししか減っていない。どんな味か試してみたが、気に入らなかったということか。

それに比べて、実家の母にはこだわりというものがあった。ジャムならイングランド屋のイチゴジャムとマーマレードの二種類だけで、佃煮なら地元の老舗《しにせ》の海苔とちりめん山椒《さんしょう》と決まっていた。そのことは、望登子が物心ついたときから母が亡くなるまでずっと変わらなかった。姑とは違い、母は食い意地とは無縁の人で、ほっそりとしていて食も細かった。太っていた姑は、「おばさん」とか「おばあさん」という呼び名がぴったりだが、母は「婦人」という名に相応《ふさわ》しい女性だった。

冷凍室を開けてみると、肉や魚に霜がついていた。餃子やチャーハンなどの冷凍食品もある。最下段の野菜室には、茶色くなったレタスや萎《しな》びたほうれん草があった。早く処分しなければドロドロになってしまう。そう思って手を伸ばしかけて、ふと動きを止めた。

――焦りは禁物よ。

友人の冬美《ふゆみ》にそうアドバイスされたのだった。

――あのね、最初にどの部屋もざっと見るの。それからきちんと計画を立てた方がいいわ。闇雲《やみくも》に手をつけ始めると、私みたいに身体を壊すわよ。家を引き払うっていうのはね、想像しているのよりずっと重労働なんだからね。

冬美の母は一人暮らしをしていたが、骨折して以来、車椅子が手放せなくなり、実家近くの施設に入居した。空き家になった家を片づけるために帰省したのだが、片づけ終わる前に疲労で寝込んでしまったのだった。それというのも、飛行機とバスを乗り継いで実家に着いてすぐに片づけ作業に入り、休憩を取ることさえ忘れ、気づけば夜中という毎日だったらしい。泊まりがけで根《こん》を詰めたせいで、一週間後にはくたびれ果てて熱を出し、結局は自力で片づけるのを諦《あきら》めて、片づけ業者を呼んだという。既に半分近く処分済みだったのに、それでもなお七十万円も支払ったと聞いた。

自分はそんなには払えない。マンションのローンだってまだ残っているし、子供を二人とも高校から私立に行かせたから預金は少ない。息子は数年前に所帯を持ち独立したが、娘は大学院まで進み、去年やっと就職し家を出たばかりだ。

同い年の夫は四年後には定年を迎える。夫は会社勤めから解放されるのを心待ちにしているようだが、六十歳以降も働いてもらわなければ、とてもじゃないが暮らしていけそうにない。

自分ももっと節約しなければと思う。だがその一方で、最近テレビや雑誌などでよく見聞きする「元気年齢」なるものが、五十代半ばの自分にはあと何年くらい残っているのだろうと考えると、明日からでもあちこち旅行してみたくてたまらなくなる。それは衝動的といってもいいほどの、身体の奥底から突き上げてくるような思いだった。

冬美も自分と同じ気持ちらしく、お茶するたびに旅行の話で盛り上がる。だが、互いに実行に移せないでいた。子育てが終わって自分の時間を取り戻せると思っていたのに、親の介護や孫の世話を頼まれるなど、次々に用事が舞い込む。そのうえ夫が定年した後の暮らしを考えると、パートの時間を増やさざるを得ない経済状態だ。

冬美とは、息子を通じて知り合った、いわゆるママ友だ。さっぱりした嫌味のない性格だからか、付かず離れずのつき合いが三十年も続いている。彼女とは共通点がたくさんある。同い年だし、大学進学のために地方から上京し、卒業後も東京で就職して結婚した。自分は北陸で生まれ育ち、冬美は山陰だから、日本海側特有の湿度の高さや雪深さに郷愁を覚えるのも同じだし、食べて育った魚の種類も似ているから味覚も合う。二人とも大学の同級生と結婚し、中堅企業に勤める夫の、決して多くはない給料でやりくりし、末子が小学校に上がると同時にパートに出たのも同じだ。そして実家がともに地方の名家であり、裕福な家で育った点まで似ている。

気づけば、腰に手を当てて背中を伸ばしていた。

まだ何もしていないうちから疲れを感じているようでは先が思いやられる。きっと朝から緊張していたせいだ。通勤時間帯の混み合った電車に乗るのも久しぶりだったし、亡き人の家に勝手に入ることに、畏《おそ》れみたいなものを感じていたからだろうか。

自分たち夫婦の住むマンションから、この郊外の団地までは片道一時間半もかかる。両方とも都内とはいうものの、千葉県に近い東側に住む自分からすると、都心を横断しなければならない西側の郊外団地は遠かった。

だが不平不満を並べていても仕方がない。なんとかして片づけなければならないのだ。

気を取り直し、持参したペットボトルの水をゴクリと飲んだ。

冬美の言った通り、最初に全部の部屋をざっと見た方がいいだろう。

3Kの間取りは三室とも和室で、六畳が二間と四畳半が一間だ。三畳のキッチンの床は懐かしのリノリウムである。

キッチンと居間を隔てる襖《ふすま》をそっと開けてみた。雑然としているが、散らかってはいなかった。姑の年齢や体力を考えたら立派な方だろう。

あれ？

空気が温まっているように感じるのは気のせいだろうか。

さっきまでエアコンが入っていたみたいに感じる。

ベランダに目をやると、物干し竿にかけられた雑巾《ぞうきん》が風に揺れていた。姑が倒れてから三週間、分厚いカーテンは開けっ放しだったらしい。レースのカーテン越しに、眩《まぶ》しいほどの光が差し込んでいる。ベランダが南に面していると、冬でもこれほど暖かいものなのか。

壁際にはオーディオラックがあり、その横にテレビと仏壇、大きな本棚、部屋の真ん中には炬燵《こたつ》が置かれていて、座椅子や座蒲団《ざぶとん》の横には雑誌や新聞が山と積まれ、処方薬の袋などもたくさんある。

本棚には本がぎっしり詰まっていた。最下段には角が丸くなった函《はこ》入りの広辞苑や二十巻もある百科事典、植物図鑑など古色蒼然とした本が並んでいる。こういうのは、きっと古書店でも引き取ってはくれないだろう。見るからに重そうだが、これらもゴミ置き場まで運ばなければならないのか。本格的な腰痛になる前に腰痛ベルトをつけておいた方がいいかもしれない。何年か前、ぎっくり腰になったときに整形外科でもらったのが家のタンスにしまってあるはずだ。

壁際にあるオーディオラックを見ようと、部屋を横切ろうとしたときだった。炬燵蒲団に足を引っかけて転びそうになり、咄嗟《とっさ》に炬燵板の上に手をついた。

えっ、温かい？

これも太陽の恵みなの？

直射日光を浴びているわけでもないのに、炬燵の天板がここまで温まるものだろうか。

まさかと思いながらも、炬燵蒲団をかき上げて中に手を突っ込んでみた。

えっ？

はっきりと温かかった。

これは太陽の熱なんかじゃない。誰かがさっきまでここにいたのではないか。

いきなり背筋がゾッとした。怖くなってきた。

まさか、そんなこと……。

あ、なるほど。

きっと、この三週間というもの、ずっとスイッチを入れっぱなしだったに違いない。

姑はスーパーの帰りに昏倒《こんとう》して救急車で運ばれ、そのまま入院した。それ以来ここには帰ってきていない。あの日、うっかり炬燵のスイッチを切らずにスーパーに行ったのだろう。その後も、姑が入院している間に夫が会社帰りに何度か立ち寄り、健康保険証やら年金手帳やら銀行のキャッシュカードなどを探して持ち出したことがあった。そのときの夫は、炬燵のことまで気が回らなかったのだろう。

スイッチを切ろうとして、床に重ねられた雑誌を片づけながら、赤白チェックのコードを目で辿ったときだった。

えっ？

両腕に鳥肌が立った。

コードのプラグはコンセントから抜かれ、畳の上に置かれていたのだ。

どういうこと？

やっぱり、さっきまでここに誰かいたの？

玄関ドアを開けたとき、奥の方から足音や窓を開け閉めするような音が聞こえたけど、あれは上下階や両隣の音ではなくて、この部屋の音だったの？

思わず息を殺した。

今まさに、泥棒が侵入しているとか？

次の瞬間、咄嗟にバッグを引っ摑《つか》むと、キッチンを突っ切って玄関まで走った。そして大きくドアを開けてストッパーで止めた。

そのときだった。

「あんた、変だよっ」

隣家から女性の大声が聞こえてきた。

その大声で気がついた。この団地の敷地内に足を踏み入れてからというもの、話し声ひとつ聞こえなかったことに。

ここに来るのに、駅からバスに五分ほど乗った。その間も、道路は貸し切りかと思うほど空いていたし、団地の入り口からこの棟まで辿り着くのに、集会所やいくつもの棟の脇を通ったが、誰ともすれ違わなかった。まるで誰も住んでいないのかと思うほど閑散としていた。

つまり、空き巣が狙うには格好の場所ではないか。

見ると、隣の玄関ドアが細く開いていた。沓脱ぎの所に、背が高くて痩せた女性の後ろ姿が見える。

隣家には生活保護を受けているシングルマザーが住んでいると姑から聞いたことがあった。無職で心療内科に通っていて、一人娘は去年の春に高校を卒業して親元を離れたらしい。

「あんたね、言うことだけは立派だけどさ、やることが伴ってないじゃないのよっ」

叱咤《しった》しているのは市の女性職員だろうか。生活保護費に甘えず、自立しろと指導しているのか。

それにしたって、あんな言葉遣いで大きな声を出されたら近所中に聞こえてしまう。シングルマザーは、いたたまれない気持ちになるのではないか。いくらなんでも近所への配慮があってしかるべきだ。

「とにかくさ、寒いから部屋に入れてよ。それとも男でもいるわけ？」

痩せた背中がそう言ったので驚いた。どうやら市の職員ではなさそうだ。

「今は……誰もいないけど」と、か細い声が聞こえてきた。

今はいないということは、男が来る日もあるということか。

生活に困窮《こんきゆう》していると聞いたのに、男を連れ込むような浮かれた気分なのか。さっきまでの同情が一瞬にして反感に変わった。

いや、そんなことはどうだっていい。部屋の中に不審者がいるかもしれないのだ。誰でもいいから顔見知りになっておきたかった。一人でいるのが怖い。

「あのう……すみません」

望登子は思いきって声をかけた。

痩せた女がこちらを振り返ったが、ギロリと睨《にら》むだけで何も言わない。なんて感じが悪いんだろう。それに、表情にどこか粗野なところがある。

そのとき、ふくよかな女性が痩せた女の横から顔を出し、ドアを大きく開いて出てきた。三十代後半くらいだろうか。濃いピンクのブークレ素材のロングカーディガンを羽織っている。愛くるしい顔立ちだからか、デブといった感じはなく、ふわふわした少女のような愛らしさの片鱗《へんりん》が残っていた。足もとを見ると素足で、ネグリジェだかワンピースだか知らないが、これもまたピンクで、裾にヒラヒラがついている。ミニ丈だから大根のような白い太腿《ふともも》が丸見えで、思わず目を逸らした。男が来ることもあるというのがすんなり納得できてしまうような、あられもない姿だった。

ドアが大きく開いているので部屋の中が丸見えだった。真正面に食器棚が見える。大きくて立派な物だ。食器がびっしりと詰まっている。自分が思い描いていた、生活保護を受けている人のイメージと違った。

「こんにちは。何か？」と、そのピンクの女性が尋ねた。

「私は、堀内多喜の息子の嫁で望登子といいます」

「やっぱりそうでしたか。初めまして。私、中田沙奈江《なかたさなえ》です」

沙奈江は、人懐っこい笑顔を見せた。

「早く部屋の中に入れてってば」

痩せた女は、こちらの会話を無視するように、なおも言い募っている。

「うん、いいけど、でもフミさん……」

沙奈江は気弱そうな顔をして、必死に愛想笑いを浮かべようとしている。他人につけ入る隙《すき》を与えやすいタイプかもしれない。フミという女は舐《な》め切った態度で沙奈江を睨んでいる。そのうえ沙奈江には薄幸そうな雰囲気があり、他人事ながら心配になった。

「変なことを聞くようですけど、この辺りで空き巣に入られたという噂《うわさ》はありますか？」と望登子は尋ねてみた。

「いいえ、特に聞かないですけど」

「そうですか。炬燵の中が温まっているような気がしたものですから」

そう言うと、沙奈江はふんわりとした笑顔を見せた。「泥棒が炬燵でのんびり身体を温めるってことはないと思いますよ」

「それは……そうでしょうけど」

「南側の部屋はとっても暖かいんです。うちも暖房要らずで助かってます。それに四階だと、さすがの泥棒もベランダ側から登ってくるのは難しいと思いますよ」と言いながら、泥棒が登る姿を想像でもしているのか、噴き出しそうになるのをこらえているような笑いを漏らす。

「そうですよね。ここ四階ですもんね」

ベランダに面したサッシ窓の鍵が一箇所壊れているのは姑から聞いていた。もう何年も前からで、これではベランダから泥棒が入ってきますよと言ったのだが、姑はこのままでも防犯上問題はないと言った。配管が建物の外付けではなく内蔵されているから、空き巣が配管を伝って登ってくることはできない。そのうえ、前の棟から丸見えだし、夜は外灯がベランダを煌々《こうこう》と照らし出しているというのが理由だった。

やはり考え過ぎだったか。周りが静か過ぎて物音に敏感になっていただけかもしれない。そのうえ、勝手に姑の家に上がり込むことに罪悪感があるから、神経質になっていたのだろう。

もっとしっかりしなければ。

そのとき、フミが突然「あ」と言って手を一回打ち鳴らした。「沙奈江、ついでにアレ、返しちゃいなよ」

「そうか、そうだったね」と沙奈江がこちらをチラリと上目遣いで見る。「多喜さんからお預かりしてた物があるんです。ちょっとここで待っててくださいね」

沙奈江はいったん自分の部屋へ引っ込むと、茶色い毛皮のような物を胸に抱えて戻ってきた。

長い耳と、毛で埋もれた中につぶらな瞳があった。

「これなんですけど」

ぬいぐるみかと思ったら、鼻をヒクヒク動かしている。

生きているウサギだった。

「すごく重いんですよ。抱っこしてみます?」と言いながら近づいてくる。

近くで見ると、びっくりするほど大きかった。

「預かってから太ったんじゃないですよ。もともと太ってたんです。本当ですよ」

沙奈江が言い訳がましく言う。「温泉旅行するから、しばらく預かってほしいと頼まれたんです。旅行から帰ってらした日に、お土産を持ってうちに来られたんですけど、今からスーパーに買い物に行くから、ウサギは夕方に引き取りにもう一回来るって。でも、そのスーパーの帰り道で倒れてしまわれたんです。このウサちゃん、今ここでお返しするのは無理ですか?」と沙奈江が遠慮がちに言うと、「なに言ってんの、さっさと渡しちゃいなよ」とフミが言う。

姑がウサギを飼っていたなんて聞いたこともなかった。自分も夫も時々は顔を出すようにしていたが、ウサギなどかつて一度も見たことがない。

「返しちゃいなってば。沙奈江は病気なんだから、自分のことで精一杯じゃん」

心が弱っているときに、生き物が近くにいるというのは慰めになるのではないか。それとも逆に負担になるのだろうか。

気づけば、望登子は呆然《ぼうぜん》とウサギを見つめていた。

どうしてもウサギに手を伸ばせないまま戸惑っていると、「お家の片づけが済むまで私が面倒みましょうか?」と沙奈江が尋ねてきた。その隣で、フミがこれ見よがしに大きな舌打ちをする。

「それは……ありがとうございます。よろしくお願いします」

頭を下げてはみたものの、内心では釈然としなかった。

そのウサギは本当に姑が飼っていたものなのか。沙奈江のものではないのか。ペットショップで見かけた途端に「うわあ、可愛いっ」とかなんとか騒ぎ立て、軽い気持ちで後先考えずに買って帰ったのではないか。最初は小さくて可愛らしかったが、運動不足と餌の与え過ぎで太り過ぎ、あっという間に手に負えなくなった。そして今、チャンスとばかりに事情を知らない隣家の嫁を騙《だま》し、ボロ切れみたいなウサギを押しつけようとしている……。

自分の想像は、あながち間違ってはいない気がするのだが。

部屋に戻ると、心がズンと重くなった。

どう考えても、ウサギは絶対に引き取りたくない。

でも、そんなことより……。

深呼吸して無理やり気持ちを入れ替えた。

のんびりしていられないのだった。ここは賃貸なのだから、まさにタイムイズマネーなのだ。

とにもかくにも、どの部屋もざっと見て回って、片づけの方針を決めなければ。

この団地には、今まで何度も来たことはあるが、通されるのはいつも居間だった。考えてみれば、居間とキッチン以外の部屋を見たことがない。

意を決して部屋に戻った。

奥の部屋から順に見ていこう。

短い廊下のどん詰まりに、合板のドアがついている。きっと老朽化《ろうきゅうか》していてガタが来ているはず。そう思って力いっぱいノブを引っ張ると、あまりの軽さに後ろ向きにひっくり返りそうになった。堅くて開けにくいと思っていたら逆で、ドアはきちんと閉まらず、ぷらんぷらんと揺れている。

中に一歩足を踏み入れると、そこはタンス部屋と呼んでもいいような部屋だった。両側の壁際に大きなタンスがずらりと並んでいる。窓が大きいから部屋の中は暗くはないものの、圧迫感があるし、部屋が狭く感じられた。こんなにたくさんタンスがあるのに、それでも衣類が入りきらないのか、部屋の真ん中には大きなポールハンガーがデンと陣取っていて、ジャケットやらセーターやらスラックスやらがぎゅうぎゅうに掛かっている。床には古新聞やら通信販売のパンフレットやら空き箱やら畳みかけの段ボールなどが所狭しと置かれていて、畳がほとんど見えない。

それらの中に隙間を見つけては片足ずつ置いて前に進み、どうにか窓辺まで辿り着いて窓を大きく開け放した。それから「えいやっ」と心の中で号令をかけてから、押入れの襖を力いっぱい開けた。素早く中を見回してみるが、物がいっぱいで人間が隠れる余地はなさそうだ。

沙奈江と話をして、ここに泥棒などいるはずないと納得したつもりだったが、一人になってみると、再び怖くなってきた。炬燵のあの温かさがどうにも引っかかるのだ。

もしも不審者がいたらと想像すると、心臓の鼓動が聞こえてきそうだった。

息を殺し、思いきって洋服ダンスの扉を左右同時に開けた。洋服がぎっしり掛かっているが、その奥に誰かが隠れているような気がしてならない。ふと隣を見ると、こんな所になぜか傘が何本も束ねて置いてあった。傘立てに入りきらない傘なのだろう。

お義母《かあ》さん、一人暮らしなのに、どうしてこんなに傘がたくさんあるんです？

要らない物は普段から捨てておいてくださいよ。全く、もうっ。

その中の一本を抜き取って、タンスの中をあちこち突いてみた。

何の引っかかりもない。手応えもない。

ホッとした。ここも大丈夫らしい。

四畳半に入ってみた。たぶん寝室にしていたのだろう。さっきの部屋とは打って変わって家具が少なく、なんともすっきりしている。窓を大きく開けてから、押入れの襖を一気に開けた。

お義母さん、いったい何人家族なんですか？　そう言いたくなるほど、蒲団が何組も詰め込まれていた。

古い団地だからだろう、どの部屋にも昔ながらの大きな押入れがあり、ご丁寧に天袋までついている。たかが3Kだと油断していたが、収納スペースは想像以上に広かった。

そういえば、居間の押入れをまだ見ていなかった。

居間に戻って押入れを開けてみると、上段の片側には座蒲団が十枚ほど入っていた。その隣にはプラスチックの衣装ケースが何段も重ねられていて、その横には饅頭《まんじゅう》などの空き箱が積み重なっている。下段には扇風機や薬箱や電気カーペットなどが乱雑に収められていた。

隣家から話し声が聞こえてきた。鉄の厚いドアを通してもなおフミの声は聞こえてくる。だが沙奈江の声がしないところをみると、フミが一方的にしゃべっているのだろう。気の弱い沙奈江がやり込められているのではないかと心配になったが、それでも今はフミの声が安心感をもたらしてくれた。不審者がいるのではないかという疑いはほぼ消えたが、それでも近くに見知った人間がいると思うと心強かった。

押入れの中の積み重なった空き箱をいくつか開けてみると、街頭でもらったポケットティッシュが整然と並べられていたり、病院でもらった漢方薬が詰め込まれていたり、加山雄三《かやまゆうぞう》のコンサートの古いパンフレットがいくつもあったりと色々だった。どちらにせよ、迷いなく捨てられそうな物ばかりだ。

天袋には何が入っているのだろう。

キッチンの椅子を持ってきて、その上によじ登り、天井近くの小さな襖戸を開けてみた。茶色に変色した大小それぞれの箱が詰まっている。天袋の襖戸が小さいので、中もたいしたことはないと思っていたが大間違いだった。押入れなら上半分に空間がある部屋もあるのに、天袋は天井まで隙間なく物が収められている。

箱をひとつ取り出して、床の上に下ろしてみた。積もった埃が年数を経て固くなっている。長年眠りについている埃を目覚めさせないよう、十文字に結《ゆ》わえられた紐《ひも》をそっと解いて蓋を取ると、立派な文箱《ふばこ》が出てきた。螺鈿《らでん》細工が施された漆《うるし》塗りで、薄紙に包まれたままで職人の写真入りパンフレットが入っていることからして未使用らしい。

そのほかの箱もいくつか下ろしてみると、有田焼《ありたやき》や九谷焼《くたにやき》や萩焼《はぎやき》などの茶器セットが次々に現れた。奥の方を見ると、茶色く変色した大きな桐箱《きりばこ》が三つある。手前に引きずり寄せ、ひとつずつ胸にかかえて、椅子から転げ落ちないよう慎重に下りる。

床に置いて開けてみると、青磁の壺が現れた。もうひとつは藍《あい》色の壺だ。最も大きい箱からは、雲が流れる様子を描いた立派な壺が出てきた。豪邸の玄関にしか似合わないような代物《しろもの》だ。

以前住んでいた戸建てにも飾っていなかったようだし、メーカーのシールが貼られたままだからこれらも未使用品だろう。使わないのなら、どうしてこんな物を買ったのだろう。姑は庶民的な人だったから、こんな高価そうな物を衝動買いするようには思えないのだが。

箱を次々に開けてみたが、家に持ち帰りたいと思うような物はひとつもなかった。自宅マンションは、老後の生活に備えて思いきって去年の暮れに断捨離したばかりで、不要な物を家に持ち込みたくない。食器も十分足りているし、茶器セットも持っているし、そもそも茶器セットなどひと揃いあれば十分だ。それどころか夫婦二人暮らしとなってからは、緑茶だろうがコーヒーだろうが紅茶だろうが、マグカップで飲むようになった。

冬美の家に遊びに行くと、いつも美味《おい》しいコーヒーを淹《い》れてくれるが、そこでもいつもマグカップで出てくる。

最近は食器が売れなくなったとテレビでも言っていた。今どきの若い人は車だけでなく食器も買わなくなったらしい。共働きが普通になり、皿洗いにかける手間を省くためにワンプレートで済ませたいという。

とはいうものの、センスがキラリと光る物であれば、自宅に持ち帰るつもりだった。その代わり、自宅にある似たような物を処分すればいいと考えていた。だがそういった逸品《いっぴん》も見当たらない。すべて日本製だから質は良さそうだが、古い感じが拭《ぬぐ》えない。古いといっても大正浪漫《ろまん》を感じさせる骨董品《こっとうひん》ならいいが、単に時代遅れの昭和の匂いがする物ばかりだ。

子供が幼かったときなら、きっとありがたく持ち帰っただろう。以前はよく皿を割った。幼い子を育てる毎日では、食器を洗うのも全速力だったから、グラスを割ったり、茶碗の縁が欠けたりはしょっちゅうだった。だが、子供が一人二人と大学生になる頃から、食器を割ることは滅多になくなった。

だから、どう考えても今の我が家に新たな食器は必要ない。だが、やっぱりもったいない。箱が茶色く変色していたり、箱の隅に虫食い跡があったりするとはいうものの、中身は新品なのだから。

でも……必要ない。

だから、思いきって捨てようと思う。しかし、ひと抱えもある陶器の壺をどうやって捨てるのか。不燃物用の有料ゴミ袋の口を大きく広げてから、よいしょと持ち上げて中に入れなければならない。そして、ゴミ袋ごと胸に抱くようにしながら階段をそろりそろりと下り、ゴミ置き場まで運べというのか。大きな壺で前が見えないから、階段で足を踏み外さないよう気をつけなくちゃ。壺もろとも転げ落ちたりしたら、運動不足で柔軟性を失っている身体では大怪我をしそうだ。

だったら、いっそのこと引越し便で自宅に運んだらどうだろう。そしたら引越し屋のお兄さんが運んでくれるから、ゴミ置き場まで持っていかなくて済む。

だけど、どうせ使わないのに自宅に運んでどうするつもり？

断捨離してすっきりしたばかりなのに……。

ああ、嫌になる。

知らない間に、目の前にある立派な壺を憎々しげに睨んでいた。

お義母さん、こちらの身にもなってくださいよ。

心の中でそうつぶやきながら、天井の隅を見上げた。

捨てるのが大変というだけじゃないんですよ。もったいないという気持ちまで、否応無く引き継がなきゃならないんですよ。その辺のこと、わかってますか？

お義母さん、さすがに我慢強いだけが取り柄の私でも、もう嫌になっちゃいましたよ。

気づけば、これ見よがしに大きな溜め息をついていた。まるですぐそこに姑がいるかのように。

自宅マンションは、どの部屋にもクローゼットがあるにはあるが、この団地の押入れほどの奥行きはない。小さな納戸もあるが、季節の寝具や衣類や子供たちが厳選して置いていった思い出の品を入れておくだけで一杯だ。

お義母さん、うちのマンションの納戸は田舎の豪農の蔵とは違うんですからね。三畳しかないんですよ。それなのに、永遠に使わないであろう物を置いておくなんて、自分の主義にも反することなんです。

ということはやはり……いったん自宅に運んでから捨てたらどうだろう。

マンションにはエレベーターもあるし台車も持っているから、ここで捨てるのに比べたらたいした労力ではない。そのうえ、うちの区では可燃ゴミも不燃ゴミも無料で捨てられる。だから近隣の人々はみんなスーパーのレジ袋などに入れてゴミを出している。ここK市のゴミ袋は有料で、十枚入りが八百円もする。この分だと袋代だけで何万円も必要になりそうだ。

だからと言って……何でもかんでもマンションに運んだりしたら、ゴミ袋代は無料でも引越し代が高くつくのではないか。

もう一度椅子によじ登り、天袋の中を眺めてみた。さっき開けた箱はほんの一部だ。同じような箱が奥にずらりと並んでいる。

不思議でならなかった。使いもしないのに、姑はこれらの品を次々に買い込んだのだろうか。天袋に入れっぱなしだったくらいだから、買ったこと自体を忘れてしまっていたのではないか。以前に住んでいた戸建てから引越してくるときに、わざわざ運んできたのだろうか。

あのねえ、お義母さん、引越しをするときが物を処分する最大のチャンスなんですよ。そんな滅多にない最高の機会を逃すなんて、ほんとにもう、何を考えているんですかっ。

戦中戦後と物のない時代を生き抜いてきた年寄りが、そう簡単に物を捨てられないことは、今や若い人でも知っている。断捨離という言葉が流行《はや》るようになってから、あちこちで姑世代が槍玉《やりだま》に上がるようになった。

お義母さん、厳しいことを言うようですけどね。

チラリと天井の隅を上目遣いで見る。姑が怖い顔をしてこちらをじっと見つめている気がした。

えっと……あの、ですね、自分の育った時代がどうであろうとも、ですね、それに甘んじていいわけがないと私は思うわけですよ。だってね、年月は容赦なく流れてますでしょう。そのうえコンピューターが出現してからというもの、世の中が変わるスピードはどんどん加速してるんです。お義母さん、私はね、こう見えても実は、時代遅れのおばあさんにならないよう日々気をつけているんですよ。ガラケーからスマートフォンに買い替えたのだってそうですし、雑誌や新聞を読んでいて、わからないカタカナ語を目にすれば、すぐその場でググるようにしてるんですよ。

ふとそのとき、天井付近にいる姑が馬鹿にしたように笑った気がした。

お義母さん、いい加減にしてくださいね。ググるという言葉は方言じゃありませんよ。そうやっていつも私のこと田舎モンだと馬鹿にするんだから。自分だって田舎の出身のくせして本当に腹が立つ。

で、話を元に戻しますとね、知らないことを放っておかないで、すぐその場で検索する毎日を過ごしているとですね、知らず知らずのうちに知識が蓄積されていくものなんです。それをやるかやらないかで十年後、二十年後には大きな差が出ると私は思っていますよ、ええ。

まっ、私が力説したところで意味ないですけどね。だってお義母さんは嫁の言うことに耳を傾けたことなんて、ただの一度もありませんでしたものね。

「あーあ、片づけるこちらの身にもなってくださいよ」

誰もいない部屋で声に出していた。

押入れのほんの一部を調べただけで、既に嫌になっている。

奥の部屋には新聞やら雑誌やら段ボールなどがたくさん積まれていたはずだ。それを思い出しただけで、思わず吐息が漏れた。それらをどうやってゴミ置き場まで運ぶのか。前もってインターネットでK市のゴミの出し方は調べておいた。それによると、この地区の資源ゴミ回収日は月に二回あるが、残念なことに水曜日なのだ。だから夫には手伝ってもらえそうにない。残業の多いサラリーマンに、会社を退《ひ》けてから夜遅く東京を横断して、わざわざこの団地まで来て、重い紙類をゴミ置き場まで運んでもらうのは気が引ける。

最近の夫は、くたびれ果てた雑巾のような顔をしている。自分も働いているとはいうものの週四日のパートだし、十時から五時までで残業は滅多にないうえに仕事の内容も難しくない。五十代も半ばになった今、夫のように毎日朝九時から夜遅くまで働く中高年のサラリーマンを、望登子は掛け値無しに尊敬するようになっていた。体力的にも厳しい中でよく頑張っていると思う。

「エレベーターがないのが恨《うら》めしいです」

言っても詮無《せんな》いことだが、それでもしつこく言いたくなって、誰もいない部屋でまたもや口に出してみた。小さくつぶやいたのではなく、はっきりと声に出して言った。天井付近にいる姑の霊に聞かせてやりたかった。

だって、自分一人が一度に運べる量などたかが知れている。階段をいったい何往復すればいいのか。

お義母さん、どうしてここまで物を溜め込んできたんですか？

少しずつ捨てておいてくれればよかったじゃないですか。

時間はたっぷりあったはずですよ。いきなり七十八歳になったわけじゃないでしょう。

六十代のときなら体力も握力もあったはずですよ。通販のダイレクトメールにしたって未開封の物ばかりじゃないですか。あれだって、いちいちビニール袋を剝《は》がして、プラスチックゴミと紙類の資源回収に分けなきゃならないんですよ。届いたその日に分別すればたいした労力じゃないのに、これほど山積みになっていると……それも、その山が何個もあって……ああもう嫌になりますっ。

ねえ、お義母さん、こうなることは前々から予想がついていたでしょう。

いつだったか、私はお義母さんに言いましたよね。

――新聞を取るのはやめた方がいいんじゃないですか？　通販雑誌のダイレクトメールも断った方がいいですよ。私が電話してあげましょうか？

私はいまだに忘れられません。そのときのお義母さんの顔つきを。

――望登子さん、あんた、もしかして、私が死んだあとの段取りを考えてるの？

まさしく嫁の正体見たりと言いたげな鋭い目つきでしたよね。

――お義母さん、まさか、それは誤解ですよ。床に物が置いてあったら躓《つまず》いて転ぶことだってあるでしょう？　だから私はお義母さんのためを思って……。

慌てて言い訳するのを、お義母さんは不信感全開のような表情で見ていましたよね。

そして、それからふっと真顔に戻っておっしゃいました。

——断れないんだよ。だって新聞販売所は松井《まつい》さんの息子さんがやってんだし、この不景気の中、契約件数が減ったらかわいそうじゃないのぉ。

打って変わって甘えたような声を出し、上目遣《うわめづか》いでこちらをチラリと見たものだ。猫の目のように表情がくるくる変わる人だった。

——ダスキンだって断れないよぉ。ユリちゃんのご主人がやってるんだしぃ。

これが姑ではなく、実家の母だったならば、きっとはっきり言っただろう。

——遺《のこ》される者の身にもなってよ。

いや、母に言う必要などなかった。姑とは違い、遺族の負担をきちんと考えられる人だった。

母が亡くなったときは、机の上に指輪がぽつんとひとつ遺されていただけだった。常に凛《りん》としていて、自身を律してきた生涯だった。そんな母を娘として誇らしく思う。

それに比べて、姑ときたら……。

たかが小型の３Ｋ、たかが五十平米……自分たち夫婦のマンションに比べたら四割がた狭いんだから、片づけるのなんて、それほど大変じゃないと思っていた。

だが甘かった。部屋は狭くても、物は自分たちの何倍もある。パートが休みの日だけここに通うとなると、半年くらいかかるのではないか。家賃八万円を今後半年も払い続けるなんて冗談じゃない。

腹の底からジリジリした何かが湧き出てくる。

――焦りは禁物よ。

再び冬美の言葉が頭に浮かんだ。

だって冬美さん、ここを空っぽにしなきゃならないんだよ。こんなにたくさんの物があるっていうのに、ここを退去するときは何ひとつ残しちゃいけないのよ。いったい、どうやって片づければいいの？

居間からキッチンに戻り、椅子に座ってキッチンを見回してみた。

ふと嫌な予感がした。冷蔵庫の中は見たものの、流しの下や上の釣り戸棚などはまだ見ていない。

恐る恐る流しの下の扉を開けてみると、フライパンや鍋が、一人暮らしとは思えないほどいくつも重ねられていた。その隣には千グラムのサラダ油が三本、ゴマ油も二本、使いかけの醬油《しょうゆ》の瓶もある。

サラダ油を一本手にとってみると、六年前の賞味期限だった。いつもなら賞味期限など無視して料理に使うのだが、六年前ともなると話は別だ。缶ならまだしも、プラスチック容器となれば捨てるしかない。

フライパンも手に取ってみたが、昔ながらの重い鉄製がほとんどだった。奥の方には梅干しを入れるような壺がいくつもあり、土鍋に至っては大小取り混ぜて、なぜか九個もある。

もう、お義母さんっ、どこから手をつければいいんですかっ。

とりあえず、熱いお茶を飲もう。少し落ち着いて考えようじゃないの。

勝手知ったる家とばかりに、薬缶《やかん》に湯を沸かし、あちこちの棚を開けて煎茶のティーバッグを探し出した。

マグカップはどこだろう……巨大な食器棚の扉をあちこち開けては閉めを繰り返しているうち、夥《おびただ》しい数の食器があることがわかってきた。

お義母さん、お宅は十人家族か何かですか？

そんな皮肉のひとつも言いたくなる。

冗談抜きで、十人単位の客が来ても困らないだけの食器があった。そのうえ、幼児用の茶碗や子供用の箸まである。それらに見覚えがあった。息子の正弘《まさひろ》がまだ赤ん坊だった頃、遊びにくる孫のためにと姑が揃えておいてくれたものだ。

いったい何を考えているんですか。

こんな物は戸建てからの引越しのときに捨てればよかったじゃないですか。

あのねえ、お義母さん、正弘はもう三十歳なんです。

しかし、食器というものはここまで重いものだったか。不燃ゴミ用の袋にぎっしり詰め込んでみたら、持ち上がらなかった。そのうえ袋が破れてしまいそうだ。これをゴミ置き場まで運ぶのはつらい。皿を何枚かずつ小分けにして入れるしかないのではないか。だけど、そんなことをしたらゴミ袋が何枚あっても足りない。それに、いったい何往復すればいいわけ？

いっそ隣家の沙奈江に貰ってもらおうか。

だけど、さっき見たじゃないの。沙奈江宅に立派な食器棚があるのを。しかも食器がぎっしり入っていた。

そのとき、薬缶がピーっと鳴った。見ると、午前の日差しが降りそそぐ中、蒸気がもうもうと噴き上げている。

慌ててガスを消し、お茶を淹れて椅子に座った。

次回ここに来るときは、お気に入りのアイリッシュブレックファストの紅茶缶を持参しよう。それと、駅に着いたら構内のスーパーで無脂肪乳を買ってきてミルクティーにする。駅前のデパ地下で売っている極上のクッキーも奮発しよう。それくらいの楽しみがないと、片づけの途中で嫌気が差したとき、何もかも放り投げて逃げ帰りたくなってしまう。

少しでも快適に作業をするには、暖房もガンガン入れよう。同じ東京といえども、ここは東側よりずっと寒い気がするから、風邪を引かないように気をつけなくちゃ。電気代なんて気にする必要はない。そうよ、有料ゴミ袋だって、どんどん使っちゃいましょうよ。賢い主婦なら一枚にたくさん詰め込むよう工夫するんだろうけど、もうそんなことどうだっていい。だって、たくさん使ったところで遺品整理業者に頼むよりは、ずっと安く済むはずだもの。

熱いお茶が何度か喉《のど》を通り過ぎたとき、やっとひと息つけた感じがした。

バッグの中から新しいノートを取り出す。これも冬美の勧めに従って持参したものだ。

ダイニングテーブルの上で白い一ページ目を開き、今日の日付を書き入れる。

――一月十六日

さて、いつまでに片づけるか、いつまでに退去するか。

大まかでいいからスケジュールを立てた方がいいと冬美は言った。

だが……何も書けない。

自分は今、途方に暮れてしまっている。この家に到着してから目にした様々な物で、頭の中まで混ぜこぜになった。

目を閉じて大きく息を吸い、ふうっと吐き出した。

そうだ、大きい物から捨てていったらどうだろう。片づいていく様子が目に見えてわかるから、少しは気分も上がるかもしれない。

スマートフォンを取りだして、K市の粗大ゴミの出し方を改めて検索してみた。一世帯一回につき三点までと決められている。

全部で何点あるのだろう。お茶を飲み干すと、ノートとボールペンを持って部屋を回った。

タンス部屋には、整理ダンスが三つに洋服ダンスが一つ。そして人形ケースが一つとポールハンガー。

押入れの中には、着物を収めるための物だろうか、棺桶かと思うほど巨大な桐箱が三つある。その奥には、脚を外した炬燵が立てかけられていた。炬燵は居間にもあるのに、どうしてここにもあるの？

あのね、お義母さん、新しいのを買ったら古いのは捨ててくださいね。まさかこれも引越し前の戸建てにあった物じゃないでしょうね。

昔の卓上ミシンもある。持ち上げようとすると、びっくりするほど重い。そのまた奥の方には、プラスチックの大きな衣装ケースが六つもある。

メモを取りながら寝室に入った。壁に立てかけてあるのは折り畳み式の卓袱台《ちゃぶだい》とベッドだ。そして、またしても大きな衣装ケースが四つもある。

——敷蒲団×5、掛蒲団×5、鏡台、カラーボックス×3、デロンギのオイルヒーター、掃除機……。

次々にノートに書き入れていく。

居間に戻って、更に書き加える。

――本棚、炬燵と炬燵蒲団、テレビ、テレビ台、仏壇、オーディオラック、座椅子×2、小型キャビネット×3、ガスストーブ、FAX電話機、ビデオデッキ、エアコン。

そして押入れには、

――中くらいの衣装ケース×3、電気カーペット×3、電気カーペットカバー×4、扇風機×2。

キッチンには、

――冷蔵庫、ダイニングテーブル、椅子×4、レンジ台、食器棚大、食器棚中、縦長ラック、ワゴン、電子レンジ。

ベランダには物干し竿が三本。

浴室には、洗濯機とすのこ。

照明器具はどの部屋にもあり、キッチンにも一つあるから計四個。

家電四品目を除いて、ざっと数えただけでも八十点近くある。一度に三点しか出せないということは、二十七回分だ。週に一回しか出せないから、つまりそれは約七ヶ月かかるということだ。

全て出し終わるまで家賃も光熱費も払い続けなければならない。やはり冬美の言うように専門業者に頼んだ方が安く済むのではないか。

窓から空を見上げると、夕闇が迫っていた。

どの部屋も夢中で調べているうちに、いつの間にか夕方になっていた。何ひとつ片づけていないのに、これほど疲れ果ててしまうなんて、なんと情けないこと。

ふとそのとき、最寄りのバス停からこの団地に来る途中の寂しい道のりを思い出した。あちこちに「ひったくりや不審者を見たら110番」などという看板があった。昼間でも人っ子一人歩いていなかったのだから、日が暮れたらどうなるのか。背後からいきなり首を絞められて、財布の入ったバッグを奪われるかもしれない。公園を通り抜けると近道なのだが、夜の公園はきっと暗くて怖いに違いない。

次の瞬間、すっくと立ち上がっていた。

早く帰らなくちゃ。日が落ちないうちに駅に着いた方がいい。

慌てて戸締りをした。火の元を確認してから、コートに素早く腕を通した。

玄関ドアを出て鍵をかけ、階段を駆け足で降り、急ぎ足でバス停へ向かう。

その途中で、やはり気になったのは炬燵の温もりだった。

絶対に錯覚ではないと思うのだが……。

2

デパートは十時開店だ。

望登子は三十分前に、社員通用口から建物の中へ入った。

全国チェーンのジュエリー・ミユキでパートを始めて二十年近くになる。

ロッカールームでコートを脱ぎ、制服の黒いワンピースに着替えていると、店長の林雅子《はやしまさこ》が入ってきた。

「店長、すみませんでした。昨日はお休みをいただいてしまって」

「いいのよ」と、店長は言ってから「昨日も暇だったもの」と苦笑した。「それよりどうだった？　片づけは大変そう？」

「前途多難ですよ」

「昔から『死者は生者を惑わすべからず』というけど、実際はそううまくはいかないわよね」

遺品整理の経験があるという店長は、望登子を慰めるように言ってくれた。

「でも店長、日本人のほとんどが人に迷惑をかけてはいけないと教えられて育つでしょう？」

「そうは言っても、ある程度の迷惑をかけるのは仕方がないと思うのよ。特に身体が弱ってからは、誰にも頼らず生活するなんて不可能でしょう。それに、死ぬ直前まで使う生活必需品だってたくさんあるんだもの、完璧に片づけてから死ぬなんて所詮無理なのよ。ところで、お宅のご主人は一人っ子だったよね？」

「そうなんです。だから誰にも手伝ってもらえなくてきついですよ。夫に兄弟姉妹がいたらどれほど助かったことか」

「それは逆よ、逆」

店長は呆《あき》れたように望登子を一瞥《いちべつ》すると、セーターとズボンを素早く脱いで、足からワンピースをさっと着た。小柄で細身で、自分より年上とは思えないほどキビキビと動く。

「逆、というのはどういう意味ですか？」

「あとで話すわ。ここ本当に寒いわね。着替える間に風邪引いちゃいそうよ。さっさと店に行きましょ」

店長は手早くロッカーを閉めて鍵をバッグにしまい、ドアへと急ぐ。望登子もそのあとを小走りで追った。

店内はきらびやかなのに、ロッカールームや従業員用通路は、壁も床もグレー一色で無味乾燥な工場にいるようだった。その色彩が一層寒さを感じさせる。

売り場に通じるドアを開けると、途端に暖かな空気が頬に触れた。開店前だが、売り場には既に暖房が行き渡っている。

ショーケースを覆っていた黒い布カバーを剝ぎ取ると、きちんと四隅を重ねて畳み、レジを開けて開店準備を整えた。

ジュエリー・ミユキは、デパートの正面玄関から真《ま》っ直《す》ぐ見える位置にある。そのせいで、たいして売れないのに気は抜けない。

店長と二人で正面を向いて開店時刻を待つ間も、小さな声でおしゃべりは続いた。

「さっきの話の続きですけど、うちの夫が一人っ子だから片づけが大変なんですよ」

「だから、それは違うってば。私が姑の遺品整理で所沢《ところざわ》に通ったことは前にも話したでしょう。でも実は二回行っただけなの」

「えっ、たった二回で片づいたんですか」

「まさか。夫の妹から言われたの。お母さんのガーネットの指輪がなくなってるって」

「何ですか、それ。まるで泥棒扱いじゃないですか」

「頭にきたわよ。もう夫の妹とは一生会いたくないわ。だから先月の姑の法事にも私は行かなかったの」

「そんなことがあったとは……」

「私は社員割引でジュエリー・ミユキの宝石が買えるのよ。あっ、いらっしゃいませ」

客が二人、三人と入ってきた。勤め始めた二十年前は、ドアの前に行列ができ、開店と同時に雪崩《なだ》れ込むように入ってきたものだが、最近のデパートはどこもかしこも閑散としている。そのうえ、みんなジュエリー・ミユキの前は素通りする。地下の食料品売り場に向かうのだ。今日はネギが安い。デパートなのに近所のスーパーより安いから、望登子も買って帰るつもりだった。売り切れてしまわないかと心配になる。

「だからね、ここの商品を七掛けで買えるこの私がよ、姑の手垢のついた宝石なんか欲しいわけないじゃないの。それも二カラットのダイヤっていうんならまだしも、たかがガーネットだよ、ガーネット」

「確かに、そうですね」

「望登子さんのダンナさんが一人っ子で羨《うらや》ましいわよ。遺品は全部、望登子さんの物になるわけでしょう？」

「欲しい物なんか一つもないですけどね」

「そうなの？　高そうな貴金属とかなかった？」

「ありませんよ。安物買いの銭失いって言葉がぴったり。それより店長、ウサギのことなんですけどね」

事の顛末《てんまつ》を話すと、「それ、騙されてるわよ」と店長はきっぱり言いきった。

「やっぱりそうでしょうか」

「当たり前じゃないの。しかし嫌な世の中ねえ。何を信じていいかわからないわ」

「そんなに悪い人には見えなかったんですけどね」と、沙奈江の人懐っこい笑顔を思い出しながら言った。

「甘いわよ、望登子さん。お人好しにもほどがあるわ」

「やっぱり、そうなんでしょうか」

「一旦受け取ってしまったら、あとで騙されたとわかっても手遅れよ。そのウサギを家で世話することを想像してごらんなさいよ」

あのボロ毛布みたいなウサギを自宅マンションで飼うなんて……。

「あなたが根っからの動物好きで、可愛くてたまらないっていうんならいいけどさ」

「いいえ、全然可愛くないです。ウサギと思えないくらい大きいし」

「私の知り合いがウサギを飼ってるわ。聞いた話だと、暑さにも寒さにも弱いんだって。だから留守中でもエアコンを点《つ》けっ放《ぱな》しにしてるらしいわよ」

「一日中ですか？　だったら電気代が……」

そのとき、高級ブランドのバッグを持った中年女性がゆったりとこちらに近づいてくるのが見えた。

「いらっしゃいませ」

店長は満面の笑みを作り、一オクターブ高い声を出した。

帰りに寄った駅前のスーパーでは、鰤《ぶり》の切り身が安かったので、迷わずカゴに入れた。あらかじめ献立を決めてからスーパーに行っても、日によって目当ての食材が高騰しているときがある。そういうときは計画が白紙に戻ってしまい、疲れた頭に混乱をきたす。そして、店内を十五分近くもウロウロしてしまう。だが今日はラッキーだった。鰤は夫の大好物でもあるし、デパートの特売のネギは、売り切れ直前に手に入れることができた。北陸生まれの望登子は、東京の便利な暮らしが気に入ってはいるが、ただ一点、季節を問わずいつもネギが高いことだけは、どうも納得がいかないのだった。

帰宅し、台所に入ると、大きいフライパンを出して、薄く油を引いた。鰤の切り身の両面に焦げ目をつけ、味醂《みりん》と醬油と酒と水を混ぜておいたものを流し込む。そしてガラス蓋をする直前に、人参とエリンギとネギを大量にぶち込んだ。これで、栄養バランスの取れた簡単料理のでき上がりだ。

隣のコンロで、豆腐の澄まし汁を作っていると、ポケットの中でメールの着信音が鳴った。見ると、冬美からだった。

——今日の夜、お茶しない？　私、明日はパートが休みなの。

子供が幼い頃は、夕方以降に家を空けることは難しかった。だから今、暗くなってから外出できる自由が嬉《うれ》しくて仕方がない。

――OK。駅前に新しくできたカフェ・ビバーチェに七時でどう？

――了解。

時計を見ると、七時までにまだ一時間あった。

夫の皿にラップをかけ、テレビを見ながら一人で夕食を取った。

食べ終えると皿を洗い、洗濯物を畳んでクローゼットにしまう。子供が二人とも家にいた頃に比べ、洗濯物の量は激減した。家事の負担が嘘のように軽くなっている。

鏡の前に立ち、口紅を引き直して髪を手櫛《てぐし》で整えると家を出た。

家から駅に向かって歩く途中、レストランや美容院やコンビニの光が眩しかった。夜のカフェに明かりが灯っているのが遠くに見えるだけでウキウキしてくる。まだ宵《よい》の口だが、まるで初めて夜遊びをする高校生みたいだと、自分でもおかしくなる。

カフェに入って店内を見まわすが、冬美は見当たらなかった。必ず約束の五分前には到着している人だから、きっと二階の席にいるのだろう。温かいミルクティーをカウンターで受け取ってから、二階へ上がってみた。

階段を上りきらないうちに、冬美の背中が目に飛び込んできた。道路側の窓に沿ったカウンター席に座っている。

「こんばんは」

隣のスツールに座る。

「どう？　お姑さんの家の片づけは」と、冬美が早速尋ねてきた。

「想像してたのの百倍くらい大変よ」

「でも、確か３Ｋって言ってなかった？」

冬美の言いたいことはわかる。冬美の山陰の実家は資産家だと聞いているから、片づけの大変さは団地の比ではなかっただろう。

「３Ｋだけどね、家具も洋服もキッチン用品も、うちのマンションの何倍もあるの」

「だったら業者に頼んだら？　無理すると身体壊すよ」

冬美が業者に頼んだときは、母親が自分の預金から支払ってくれたと聞いている。

「業者に頼むお金なんてあるわけないじゃない。夫は一人っ子だから全額うちの負担になるんだし」

「失礼なこと聞くようだけど、お姑さんは預金は遺してなかったの？」

「預金はゼロ。お義父さんの遺族年金は羨ましいような額なのに、毎月使い果たしてたみたい。一戸建てを売ったお金も使っちゃったみたいよ」

「へえ、それはまたずいぶんと贅沢《ぜいたく》に暮らしてらしたんだね。遺産がないなら尚更早く片づけてしまわないと。家賃をいつまでも払い続けるなんて大変でしょう。見積もりだけでもしてもらえば？　見積もりだけなら無料なんだし、それに……」

冬美が言い淀《よど》んだ。

「どうしたの？　遠慮なく言ってよ」

「差し出がましいことを言ってごめんね。でもね、ご主人にも、もっと協力してもらうべきだよ。ご主人のお母さまの遺品整理なんだから」

「ごもっともです。でも夫に期待するのは何十年も前に諦めてる」

「だよね。私たちの世代の夫は、『仕事が忙しい』って一言を免罪符にするもんね」

「でしょう。そこへいくと、うちの息子夫婦ときたら、本当に羨ましいよ」

「わかる。うちの息子夫婦もそうだもの。保育園の送りは諒一《りょういち》、迎えはお嫁さん、諒一は料理もうまい。お嫁さんを手伝うって感じじゃなくて、ちゃんと主体的にやってる」

「私たちが今の時代に生まれていたら、どんなに違う人生だったかと思うわ」

「それはつまり、私たちが息子の育て方を間違えなかったってことよ」

「だよねえ。男の子でも家事ができるように育てたもんねえ」

互いの息子は既に結婚し、理想的な夫婦関係を築いている。それに比べて我が夫ときたらどうよ、と冬美と競うように夫の愚痴をひとしきり話した。

「実はね、困ったことが起きたのよ」

冬美にもウサギのことを相談してみたくなった。

「お隣の人が言うにはね、お義母さんが預けたっていうの。それも巨大なのよ」

「いいわねえ。私も何か飼おうかなあ。きっと癒されるだろうね」

「えっ？　冬美さんは、本当にうちの姑さんが飼ってたと思うの？」

「どういう意味？」と不思議そうにこちらを見てから、冬美はハッと目を見開いた。

「もしかして、お隣さんが嘘をついて押しつけようとしていると思ってるの？」

「……うん、ちょっとね」

「まさかあ、それはないでしょう。そんなひどい嘘をつく人なんている？」

「やっぱり、そう思うよね」

「ウサギを引き取るのは大変だけど仕方ないよ。処分するわけにもいかないでしょう？」

「処分、というと？」

知らない間に息を止めていた。

福祉保健局に引き取ってもらうってこと？　そして、殺処分になるってこと？

ああもう、お義母さん、いい加減にしてくださいよっ。福祉保健局に持っていったりしたら、私はことあるごとに思い出して嫌な気持ちになるじゃないですか。たぶん、一生忘れられませんよ。そうですよ。私たちの世代はヤワですよ。お義母さんと違って戦争を経験してないですしね。たかがウサギ一羽、何を大げさなとあの世で笑ってるんでしょうけどね、あなたは私にウサギを押しつけたというよりも、罪悪感を肩代わりさせているんですよ。あんなに大きくて可愛くないウサギを、私はいったいどうすればいいんですか。もっとはっきり言わせてもらいますとね、もつれた毛糸の塊《かたまり》みたいで不潔っぽいんです。ねえ、お義母さん、私の身にもなってくださいよ。

「ウサギなら犬や猫よりは飼いやすいんじゃない？」と冬美ののんびりした声が聞こえた。「だって犬みたいに吠《ほ》えないし、猫みたいに家具や壁を爪で引っかかないでしょ」

「……うん、そりゃそうだろうけど」

だが、ウサギは暑さにも寒さにも弱いと店長は言った。

「望登子さん、そんな暗い顔してないでさ、たまには気晴らしにパーッとやろうよ」

冬美が明るい笑顔を向けてくる。

「パーッとやるって、例えばどんなこと？」

一ヶ月間ニューヨークに住んでみたい。ホテルではなくてキッチン付きのアパートメントを借りて。

それは二人の長年の悲願ではあるが、今のところ実現は難しそうだった。経済的なことはもちろんだが、夫が納得するかどうかにもかかっている。夫たちは、夫婦の貯金を妻だけが使うことに難色を示すだろうし、「だったら俺も行く」と言い出しそうだ。だから互いに夫にはまだ言えないでいる。

「例えば、はとバスに乗ってどこか行くとか」と冬美は言った。

ニューヨークじゃなくて、はとバスか……。

「バスツアーなら、ずっと座って行けるし、スケジュールも立てなくていいから楽ちんじゃない。疲れているときは、そういうのもアリでしょ？」

「うん、いいかもね。あんまり頭を使いたくない気がしてるから」

「ネットで調べてみるわ。日帰りとなると、日光東照宮《にっこうとうしょうぐう》か水戸偕楽園《みとかいらくえん》ってとこかしら」

「ありがとう。日帰りとなると、日帰りコースで一万円以下の良さそうなツアー」

「もっと近場でもいいわよ。房総《ぼうそう》とか横須賀《よこすか》とか」

「ふうん、なるほど」

「なんだか乗り気じゃないわね。心身ともに疲れ切ってるって感じ。望登子さんたら最近、アール・クルーを聴いてないんじゃないの？」

「アール・クルー……存在すら忘れてたよ」

冬美と知り合ったのは、互いの第一子が生後六ヶ月の頃だったが、色んな話をするうちに、二人とも大学時代からアール・クルーの大ファンだったことが判明した。

——行ったよ、行った。中野《なかの》サンプラザであった来日コンサートでしょう？

——きっと私たち、大学時代にコンサートホールですれ違ってたはずよ。

アメリカのギタリストが二人の距離をぐっと近づけたのだった。

「今度お姑さんちに片づけに行くときは、彼のＣＤを持っていくといいよ」

「いいアイデアだね。そうするよ」

きっと気分が上がるだろう。自分にとって音楽はすごい威力を発揮する。そんなことは長年の経験からわかっているはずなのに、日々の雑事に忙殺され、思い出すことさえなくなってしまっていた。

「お姑さんの家にオーディオセットはあるの？　だったら処分は最後にした方がいいね」

家電を処分する順番については、自分も考えるようになっていた。湯沸かしポットは退去日まで使いたかったし、テレビもエアコンも掃除機も最後まで必要だった。少しでも快適に片づけをするためには、早々に捨ててはならない物がいくつもある。

その夜は、風呂上がりに自室に閉じ籠《こ》もって久々にCDをかけた。

ゆったりした気持ちで足の爪にマニキュアを塗る。壁際にずらりと並べたコレクションの中から、濃いめのベージュを選んだ。手の爪だと剝げたらみっともないが、真冬の足先なら誰にも見られない。完全なる自己満足の世界だった。

若い頃は、人目に触れないおしゃれなど意味がないと思っていた。今夜のように、自分一人の時間をおしゃれをすることで楽しむといった感覚は五十歳を過ぎてからだ。子供が独立したあとの、残り少ない「元気時間」を大切にしたい。

そのためにも、さっさと遺品整理を終わらせてしまわなければ。

そう考えながら、ハンドクリームを足の指にすり込んだ。

3

四階までの階段を上ると、息が切れた。

タッタッタと軽快に駆け上がることができず、ドタドタと靴音が響いてしまう。だが今日はわざと大きな音を立てたのだった。

玄関前に立つと、声に出して言った。

「さて、今日も頑張ろう」

隣に住む沙奈江を始めとする団地の住民に、私はここにいるのだと知らせておきたかった。

前回来たときは、部屋の中に誰かの気配を感じた。沙奈江は日当たりがいいからだと言ったが、炬燵の温もりは、やはりおかしい気がする。

玄関ドアを大きく開け放した。

沓脱ぎを見下ろしてみると、前回来たときと変わりはなかった。

手順は前もって決めてあった。最初にすべての部屋の窓を開ける。寒いけれど、押入れに不審者が隠れている気がして仕方ないからだ。ベランダに面したサッシ窓の鍵が一箇所壊れているのも心に引っかかっていた。

ブーツを脱いで短い廊下を進み、キッチンに入った。

あれ?

この前は、キッチンと居間を仕切る襖を開けっ放しにしたまま帰ったはずだ。

それなのに……ぴっちり閉められている。

思い違いだろうか。

ここのところ、ずっと頭が混乱している。それは、今まで経験したことのないほどひどいものだった。寝ても覚めても、物が詰め込まれた押入れやタンスの中が次々に頭に浮かんでは消えていく。あの壺を捨てなくちゃ、あの食器なら沙奈江がもらってくれるかも、箱類は全部つぶして紐で括《くく》ってから資源ゴミに出さなくちゃ、ウサギはどうしよう、鍋とフライパンはどうする、下駄箱いっぱいの靴は捨てちゃっていいのか、大物家具をどうやって粗大ゴミ置き場へ運べばいいのか……そんなことが家にいても職場にいても四六時中、頭の中をぐるぐる回っている。片づけを一日でも早く終わらせたい焦りが、気分を落ち着かなくさせていた。

頭を抱えて大声で叫び出しそうになって、今朝も目が覚めたのだった。

そんな日々だから、襖を開けっ放しで帰ったはずと思ったのは勘違いかもしれない。

息を詰めて襖を見つめる。

きっと思い違いだよ。だって、五十歳を過ぎてから物忘れが多くなったじゃないの。

そう自分を諭しながら、居間に通じる襖を恐る恐る細く開けて、中を窺《うかが》った。

誰も……いない。

当然でしょう。

そう思いながらも耳を澄まし、誰か近づいてきていないかと前後左右に警戒は怠らない。

居間にそっと足を差し入れ、窓辺に近づいてカーテンを引いて窓を全開にした。炬燵はと見ると、この前と同じでプラグはコンセントから抜かれている。試しに炬燵蒲団の中に手を突っ込んでみた。

えっ、冷たい。

炬燵の中の空気は冷えきっていた。この前来たときとは明らかに違う。

今日は曇り空だ。この前は、太陽の光が燦々《さんさん》と差し込んでいた。

でも、だからといって、炬燵の中の温度がそれほど違うものだろうか。

息を吸い込んでから、押入れを力任せに開けた。そっと開けるのが怖かった。だって、中にいる不審者と目が合ったりしたら、どうすればいい？

押入れの中も、何も変わりはなかった。

やはり考えすぎなのだろう。

あっ、そうか。そうだ、そうしよう。

炬燵を片づけてしまえばいい。どうしてこんな簡単なことを思いつかなかったのか。

すぐに炬燵板を壁に立てかけると、炬燵蒲団を畳み、脚を外して分解した。

ホッとした。これでもう二度と炬燵の中の温度を気にする必要はなくなった。

そのあと、他の部屋も同じように窓を開けてから押入れを確認した。

今後は、カーテンも押入れも開けっ放しにしたまま帰ろう。うん、それがいい。

他に人が隠れられる所といえば……洋服ダンスだ。中に入っている洋服を全部出して空っぽにしたあとは、扉を開けっ放しにしておこう。

そう決めると、奥の部屋へ行って洋服ダンスの両開きの扉を一気に開けた。隣に立てかけておいた傘で、タンスの中をあちこち突いてみる。

大丈夫。誰もいない。

ひとつずつハンガーごと外に出した。紳士物のスーツばかりだった。どの上着も内ポケットに「堀内」と刺繍《ししゅう》がある。

――お父さんの思い出が詰まっているから、なかなか捨てられないのよね。

姑が寂しげな顔でそう言ったのは、舅が亡くなって間もない頃だった。あれから何年も経つのに、まだ捨てていなかったとは。

そもそもさほど仲の良い夫婦ではなかったのに、舅のスーツを引越し先にまで運んでくる気持ちが理解できない。舅は横暴とまでは言わないが、世代相応の亭主関白だったのに、定年後は妻の行く所ならどこへでも「ワシも」と言ってついてくる「ワシも族」に変貌を遂げた。姑は最初のうちは我慢していたが、すぐに限界に達して爆発した。その後は傍目《はため》に見ていてもびっくりするほど舅を邪険に扱うようになった。それなのに、舅が亡くなったら、途端に舅との生活が美しい思い出に変わったらしい。

世間には、このような妻は少なくないと聞いたことがある。だが自分は、五十代になった今でも、夫婦道においてはまだ若輩者であるのか、そんな妻の心情は未知の世界であり、想像することもできないでいる。

とにかくさっさと捨ててしまおう。

舅は小柄だったから、夫も息子もサイズが合わない。物のない時代ならば、きっと子供服に作り替えたりしたのだろう。ツイードの生地なら洒落《しゃれ》たベレー帽でも作れそうだ。だが今の時代、そんな技術を持つ主婦はほとんどいないし、そういった節約に精を出すくらいなら、働きに出て時給を稼いだ方がよほど現実的だ。

もしかして、この洋服ダンスは魔法の容《い》れ物なのではないか。そう思うほど、出しても出してもスーツが出てきた。つまり、ぎゅうぎゅうに詰め込まれていた。

ハンガーにしても、昭和時代のがっしりした木製のものだから、驚くほど重い。

可燃ゴミ用の袋の口を大きく広げ、スーツを次々に投げ込んでいった。

お義母さん、いい加減にしてくださいね。

スーツを思い出として取っておきたいのなら、一着で良かったんじゃないですか？　百歩譲って、夏物、冬物、合い物と一着ずつ合計三着で十分だったのではないでしょうか。スーツに顔を埋めて夫の匂いを懐かしむというのならまだしも、お義母さん、あなたは何年もこの洋服ダンスを開けていないでしょう？　その証拠に、どのスーツも肩の辺りに埃が積もってますよ。

やっとスーツ全部をゴミ袋に入れ終え、腰を伸ばした。

スーツだけで、有料ゴミ袋の一番大きいのを九枚も使ってしまった。それまで洋服ダンスに収まっていた物を外に出したので、部屋が一気に狭くなった。ひと抱えもあるゴミ袋が床に九つも置いてあるのだから足の踏み場もない。このままだと他の作業がやりにくいから、さっさとゴミ置き場に捨てに行った方がいい。

それにしても昔のウールはどうしてこうも重いのか。両手にひとつずつゴミ袋を持てると思ったのに、一袋を両手で抱えるのが精いっぱいだった。玄関ドアの外へ九個のゴミ袋を全部出してから、一つだけ抱えてよろよろと慎重に階段を下りる。袋を抱えると前が見えない。

舅のスーツだけで階段を九往復もしなければならなかった。そのうえ、この棟からゴミ置き場までが遠いのだ。

太腿と腕が痺れるように痛くなった。はや、うんざりしてきた。まだ洋服ダンスの上段の中身を空っぽにしただけだ。しかも、下についている引き出しはまだ見てもいない。

これしきのことで、めげるな、自分。

業者を呼ぶ経済的余裕がないのだから、頑張るしかないのだ。

コツコツやっていけば、いつの日かきっと全部片づく。それは確実なことなのだから。

最初の一歩をちゃんと踏み出したじゃないか、よく頑張ってるぞ、自分。

次は、昨夜決めておいた手順通り、粗大ゴミに取りかかろう。粗大ゴミは週に一度しか出せないのだから、一週たりともチャンスを逃したらダメだ。週によっては粗大ゴミの受付が一杯になり、出せない週もあるとホームページに書いてあった。だから、なるべく早めに市役所に電話して予約しておいた方がいい。自分の住んでいる区が一度に何点でも出せることを思うと腹立たしいが仕方がない。同じ都内でもこうも違う。

だが、嬉しいことも発見した。ホームページを読み進めていったとき、小さな文字の注意書きを最下段に見つけたのだった。

——世帯全員が六十五歳以上の場合は、部屋の中まで取りに伺います。

その一行を見つけたときは、思わずニヤリとしてしまった。このサービスがなければ、自分の身長よりも高いタンスをゴミ置き場まで運ぶのは不可能だ。

だが喜んでばかりもいられない。玄関からタンスまでの動線を確保しておかなければならない。足の踏み場もない状態では運び出してもらえない。今は段ボールや雑誌や新聞で畳が見えないような状態だから、そう簡単に動線を確保できそうにない。だからとりあえず来週は、大きなタンスではなくて、自分で運べる粗大ゴミを出してしまおう。今日ここにくる前に、駅前の市役所出張所で粗大ゴミシールを買っておいた。

そのときの情景をふっと思い出した途端、苛立《いらだ》ちがぶり返した。

出張所の窓口にいたのは七十歳前後の男性だった。年齢的に見てシルバー人材センターから派遣されてきた人だろう。

――粗大ゴミシールをください。二百円のを三十枚と三百円のを二十枚です。

そう頼むと、その男性は驚いたように目を見張り、返事もせずに慌てた様子で奥へ引っ込んでしまった。

――そんなにたくさん？

――いったい、どんな人なの？

衝立《ついたて》の向こうで話す声が筒抜けだった。

年配の女性が出てきて、「少々お待ちください」と言いながら、こちらを上から下まで珍しい物でも見るように遠慮なくジロジロ見る。

そのあとも、次々に奥から人が出てきて、望登子を観察するのだ。

ここは本当に東京なのか？

粗大ゴミシールをたくさん買うのがそんなに珍しいのか。そして、どんな顔をしている人間かを確かめないと気が済まないのか。

結局は、奥から四人も出てきて窓口で一斉にシールを数え始めた。

いったい、いつまで待たせるのだ。

遅い。遅すぎる。どうしてそんなに何度も数え直すのか。

粗大ゴミシールなんか自動販売機で十分じゃないか。

これが田舎なら、「どちら様？」「そんなにたくさん何を捨てるの？」と尋ねる人がいるかもしれない。それがないだけ東京はまだマシなのか。望登子は田舎で生まれ育ったからか、こういったことへの嫌悪感が人一倍強い。どこの誰とは聞かれないまでも、興味津々といった不躾《ぶしつけ》な視線に耐えられなかった。

自分はつくづく他人同士が干渉せずに生きている都会が性に合っているのだと思う。

次に冬美に会ったときには、このことを話そう。きっと冬美なら「わかる、わかる」と共感してくれるに違いない。そうでなければ、この不快感がいつまでも消えそうにない。

カラスの鳴く声で、ハッと我に返った。

最近の自分、ちょっとおかしいのではないか。そんなことぐらいで、いつまでも苛々したりして。年齢とともに、どんどん狭量になっていくようで情けなくなる。

だが今は、そんなことより粗大ゴミだ。

ざっと部屋を見渡して、粗大ゴミ三点を決めた。年代物の扇風機と座椅子を二つ。座椅子は背もたれの生地が破れてウレタンが覗いている。

古い扇風機は発火する恐れがあるから捨てた方がいいと、いつだったか姑に忠告したことがある。夫が物心ついたときからあったというから、たぶん昭和三十年代に買ったものだ。

――もったいないじゃないの。壊れてないんだよ。昔の電化製品はね、モノがいいの。この扇風機だって五十年以上も故障してないのが、その証拠よ。

あのときも、姑は小さな鼻の穴を膨らませて怒ったのだった。

お義母さん、ありがとうございます。あなたの「もったいない病」のお陰で、いま私はこの扇風機を躊躇《ちゅうちょ》なく捨てられます。だって、もしも私の忠告に従って最新式の羽根のない扇風機に買い替えていらしたら、それこそ、もったいなくて捨てられなかったでしょうから。

天井の隅を見つめて、皮肉っぽく笑った。せめてもの仕返しだ。

そして、ポケットからスマホを取り出して電話をかけた。

――はい、粗大ゴミ係です。

「もしもし、粗大ゴミを三点出したいのですが」

——はい、何を出されますか？

「座椅子を二つと扇風機一台です」

——それでは住所とお名前をお願いします。

姑が亡くなったことを告げた方がいいのだろうか。もしも言ってしまったら、あなたはK市の住民ではありませんね、だったらゴミ処理のサービスは受けられませんよ、などと言われるかもしれない。そしたら困ったことになる。数秒迷った末、姑の死亡については黙っていることにして「堀内多喜です」と、本人であるかのように言いきった。これまでの経験から言っても、役所は見事なほど縦割り行政だから、住民課とゴミ処理部門との連携は取れていないだろうと踏んだ。

案の定、姑の名前を騙《かた》っても、特に不審がられることはなかった。

パート先の宝石店では、客から電話があると、その場で顧客の電話番号をパソコンに打ち込む。すると瞬時に顧客情報が画面に現れる。そんなことは民間なら普通のことだが、お役所ではまだシステムができていないらしい。その時代遅れ加減に助かった思いだった。

——承《うけたまわ》りました。三点それぞれに二百円のシールを貼ってお出しください。お宅様の地域ですと火曜の収集となります。当日の朝八時までにゴミ置き場へお出しください。

「わかりました。よろしくお願いいたします」

粗大ゴミは腐る物ではないからか、この団地では何日も前から出してもいいことになっていると、いつだったか姑から聞いたことがある。昔ながらの団地は敷地が広大でゴミ置き場も広い。そのうえ二棟に一箇所の割合で設置されている。とはいえ一棟ごとの間隔が広いから、ここから遠いのだが。

今日さっそく帰りに粗大ゴミを出してしまおう。

それにしても実家の母はきちんとしていたと、つくづく思う。家の中に無駄な物などひとつもなかった。古い家電もさっさと買い替えていた。そして、胃癌《いがん》を宣告されたとき、まだ六十代だったのに手術をしなかった。外科医である母の兄がどんなに勧めても、頑として受けつけなかった。

――これが自然の寿命というものなのよ。

そう言って、六十八歳で眠るように逝ってしまった。

母が癌を宣告された当時を思い出すと、ずいぶん昔のことのように思えてくる。当時は転移したら治る確率はかなり低いとされていた。たった十五年前のこととは思えないほどに、癌の治療は今や目覚ましい進歩を遂げている。

母は自分に厳しい人だった。父が市長を務めるようになってからは、更に自制心が強まった。人に後ろ指をさされることがあっては父に迷惑をかけると言い、俳句やコーラスの会もやめてしまった。母は常識も礼儀もわきまえている人だから、中傷されるような行いをするはずもないのに。

——世間には色々な人がいるのよ。ちょっとした態度や言葉遣いを曲解したがる人もいて、私のことを市長の妻だと思ってツンとしているとか、いい気になっているとか、色んなことを言いたがるの。たいして高くもない服やバッグにさえ嫉妬《しっと》する人だっている。だから少しでも陰口を叩かれる可能性があることはすべて排除してしまいたいの。

実家の周辺で豪雨災害があり、何軒もの家が被害に遭ったときも、全世帯が元通りになるまではと、母は自宅の修繕を見送った。市長の家は最後であるべきだと頑として譲らず、割れた窓ガラスさえもそのままで、張り付けた段ボールの隙間から冷たい外気が部屋に入り、不便な生活を送っていた。

お義母さん、聞いてますか？　実家の母の爪の垢《あか》でも煎《せん》じて飲んでもらいたかったですよ。私の弟の奥さんだってね、母には感謝しているに違いないんです。美紀《みき》さん、私はあなたが羨ましいよ。私の母は、あなたにとって素敵な姑だったんじゃないかな。

それに比べて、お義母さんときたら……。

お義母さん、何度も言うようですけどね、少しは遺される人間のことも考えてほしかったです。

――望登子さん、何を言ってるのよ。

もしも姑の霊が往生際悪く、まだこの部屋に漂っていたら、即刻反論するだろう。

――実家のお母さんは癌だったんだろ？　私みたいに急に倒れて、そのまま救急車で運ばれて入院して、意識が戻らないまま死んだんじゃあ、片づける時間がなくて当然じゃないのさ。実家のお母さんみたいに、死ぬまでの準備期間があったんなら、私だってきっちり片づけてから死んだはずだよ。

お義母さん、それは違います。あなたは七十八歳だったんですよ。そんな年寄りは、誰だろうといつ死ぬかわからないでしょう。今や五十歳になったら生前整理を始めましょうという本がたくさん出版されているんですよ。元気なうちに片づけておくのは常識じゃありませんか？

どんどん腹立たしくなってくるので、怒りを鎮《しず》めるためにお気に入りの紅茶を淹れた。湯気の立つ紅茶に無脂肪乳を足すと、飲みやすい温度になった。

キッチンの椅子に座った。ゆっくり飲もう、ゆったりした気持ちで。

そう思っていたのに、やっぱり一気に飲んでしまった。

焦ってるぞ、自分。

大量の片づけ物を目の前にすると、どうやっても心を落ち着かせることができない。

休憩することを早々に諦め、もうひと踏ん張りすることにした。

その前に3K全体の写真を撮っておくというのはどうだろう。押入れも天袋も棚の中も、一つ残らず撮っておこう。ビフォーアフターがわかれば達成感を味わえるから、自分への励みにもなる。それに、自宅に帰ってから写真を見れば、次回の計画も立てやすいから一石二鳥だ。

勢いよく立ち上がると、どの部屋も押入れや天袋を開け放してスマホで写真を撮りまくった。浴室やトイレも撮る。冷蔵庫もドアを大きく開けて撮った。冷凍室や野菜室は、それほど多くの物が入っていなかったから撮る必要はないだろう。

そのあと、初めてベランダに出てみた。

「えっ、嘘でしょう？」

隅っこに直径五十センチはありそうな大きな石を見つけた途端、泣きたくなった。

「もうっ、ほんと嫌になる。何でここに石があるわけ？」

誰もいないのに、口に出して言わずにおれなかった。

お義母さん、どうしてこんなに大きな石がここにあるんですか。何に必要だったというんです？　漬物石にしては大きすぎるでしょう。前に住んでいた戸建ての庭にあった思い出の品だとでも言うんですかっ。

大きな溜め息をつきながら、指が下敷きにならないよう慎重に持ち上げてみる。持って歩けない重さではないが、一度に一メートルくらいしか進めない。いったいこれをどう処分しろと言うのか。

エプロンのポケットからスマホを取り出して、市のホームページを見てみるが、「石や土は引き取りません」と、そっけない文章が並んでいるだけで、どこにも救いの手が見当たらなかった。

胸の前で腕を組んでベランダを見回してみると、ブロックや煉瓦《れんが》があるのが見えた。植木鉢もたくさんある。枯れて干からびた花や茎《くき》などはゴミ袋に入れて捨てればいいが、土はどうする？　どこに捨てればいいの？　どこかに捨てるにしても、何鉢もあるからかなりの重さになりそうだ。

とりあえず……今日はいいことにしよう。見なかったことにしたかった。

そういえば、まだ下駄箱の写真を撮っていなかった。確か、似たようなウォーキングシューズが二十足くらい入っていたはず。玄関へ行き、観音開きの下駄箱の戸を全開にしてスマホをかまえたときだ。

「えっ？」

またもや見たくない物を発見してしまった。奥の方に消火器が二本並んでいた。のろのろと手にとって使用期限を見ると一年前の日付だった。

何度目かの大きな溜め息をつきながら、スマホに登録しておいた団地の管理事務所に電話した。

「もしもし、ちょっとお伺いしたいことがあるんですが」

こちらの名前は言わないままにしておいた。

――はい、何でしょうか。

「消火器は団地の備品ですよね」

――いえ、違いますが。

男性が即答した。

こちらが絶句していると、男性は言った。

――困るんですよね。

「は？」

――退去されるときは必ず処分をお願いしますよ。置いていかれると敷金から処分費用を差し引くことになりますがね、特殊なものですので費用は高いですよ。

「だいたい、おいくらくらいですか？」

――費用がどうとかこうとかいうよりも、処分するのは常識でしょう？　絶対に置いていかないでくださいよ。ほんとお願いしますよ。

電話が冷たく切られた。

「何もそんな言い方しなくてもいいじゃないの」

口の中でブツブツ言いながら、スマホで処分方法を検索してみた。それによると、製造元に持っていかねばならないらしい。ここから最も近い支店でも三駅先で、駅からはもちろんのことバス停からも遠い。五キロ近くもあるものを二本もどうやって運ぶのか。タクシーを呼ぶしかないのか。

お義母さん、なんでこんなもの買ったんですか？　個人で所有する必要があったんでしょうか。いざ火事が起こったとき、お義母さんはこんなに重い消火器をうまく使えたんでしょうか。それよりも、外に飛び出して大声を出して近所の人に助けを求めたり、消防署に電話をかけてもらうよう頼んだりした方がいいと思いますけどね。

「あーあ」

こういった特殊な物でなくとも、他にもいちいち立ち止まって考えなければならない物が大量にある。

これは可燃ゴミなのか不燃ゴミなのか、燃やそうと思えば燃えるだろうけれど、有害なガスが出るかもしれないから、やっぱり不燃ゴミなのか。だが最近は焼却設備の性能がよくなってダイオキシンが発生しなくなったのではなかったか、などと。

金属製の洗濯バサミがくっついたプラスチックの物干しハンガーを手にとり、燃えるのか燃えないのか、どちらだろうと迷っているとき、ふとテレビで見た一場面を思い出した。

――なぜあなたはゴミを捨てないんですか？

汚部屋の住人にインタビューしたときの一コマだった。

――ゴミを出すのが怖いんです。分別が難しすぎて……。

若い女性が気弱そうに答えたのが印象に残っている。

ゴミの出し方を間違えたら、近所の人やゴミ収集の人から叱《しか》られるかもしれない。誰が出したゴミかを突き止められたらどうしよう。気の弱い人は、それらを想像すると恐ろしくなるらしい。だからいつまで経っても捨てられずに汚部屋になってしまう。

望登子は、今初めて彼らの気持ちがわかった気がした。

そんなことをつらつらと考えていると、玄関のチャイムが鳴った。と同時に、ドアノブを忙しなくガチャガチャ言わせる音がする。さっきゴミを出しに行ったとき、いつもの習慣で鍵を閉めてしまったらしい。

誰だろうと思う間もなく、次はドンドンと扉を叩く音に変わった。

「どちら様ですか？」

あまりにせっかちな訪問者に、もしかして階下の人がうるさいと苦情を言いにきたのかと心配になった。

「大岩《おおいわ》でーす」

柔らかな女性の声だった。

ドアを開けると小太りの女性が立っていた。華やかな細工《さいく》のある眼鏡をかけ、目を引く緑色のコートを着ている。

「私ね、多喜さんの友だちの大岩倫世《ともよ》っていう者なんですけどね、あらご存じない？　そうなの？　本当に知らないの？　多喜さんから聞いてない？　残念だわ。私もこの団地に住んでるのよ。いま前を通ったら窓が開いてるじゃないの。だから誰かいらしているのかなと思って来てみたの。あなたはアレでしょ？　お嫁さんでしょ？　ああ、やっぱりね。それでアレね、遺品を片づけに来たってわけね。大変でしょう。まさか、一人で片づけるつもり？　やだわ、そんなの無理よ無理、絶対に無理だわよ。悪いことは言わない。業者に頼んだ方がいいわ。この団地は老人世帯が多くてね。どんどん亡くなってるわけよ。どの家も子供さんたちが来て片づけていくの。まっ、子供といってもみんなもういい歳でね、そうねえ、若くて五十代、ほとんどが六十代か七十代かしらね。みんな業者に頼むのよ」

「……はあ」

「私もね、頼まれて一度立ち会ったことがあるの。そしたらさ、業者に大きなザルみたいなのを渡されてね、預金通帳やら印鑑なんかの必要な物をこれに入れてください、そのほかは全部一気に処分しますからって」

「へえ、ザルで、ですか。そういう方式でやるんですね」

必要な物を除《よ》けておいてと急に言われても、きっと見落としてしまうだろう。タンスの底に重要な証書とか貴金属を隠してあるかもしれない。仮に業者に頼むとしても、前もって部屋の隅から隅まで、引き出しの奥底まで調べておかなければならない。それをやるだけでも何日もかかるし、物が散乱して収拾がつかなくなり、却って重要な物を見落としてしまいそうだ。

「でね、そのやり方だとさ、あっという間に終わるわけ。家財が少なめの人なんかだと三時間くらいよ。どんなにたくさん物がある家でもね、丸一日あれば終わるの。そうそう、うちの棟でね、九州にお嫁に行ったお嬢さんが、半年もの間ずっと通ってきたことがあったのよ。交通費を考えたら本当に馬鹿らしいでしょう？」

「ええ、それは……そうですね」

「だからやっぱり業者に頼むべきなのよ」

金目の物さえ取り分けておけば、あとは全部要らないというのもどうなんだろう。アルバムはもちろんのこと、一人息子の夫から見たら意外な物に思い出が宿っているかもしれない。

「なんなら、業者を紹介するわよ」

「ありがとうございます。でも、もう少し自分でやってみてから考えることにします」

「そう？　もしも気が変わったら、ここに電話なさい。この業者なら安心よ。この団地の人はだいたいここに頼んでるの。私は業者の回し者でも何でもないのよ。誤解しないでね。多喜さんには本当に世話になったから、少しでもお役に立ちたいと思っただけなんだから」

女性はそう言うと、電話番号の書かれたメモ用紙を置いて帰っていった。

彼女の強い勧めを聞けば聞くほど心は逆方向へ流れた。目の前から一気に物がなくなりさえすれば、それでいいというものではない。不要だと判断できる家財道具は勝手に捨てさせてもらうが、思い出の物は夫がひとつひとつ吟味《ぎんみ》する時間が必要だ。できるだけ自力でやらなければ、後悔する気がする。

土日は夫にも手伝ってもらおう。いや、手伝うなんていう言葉はおかしい。夫の母親の遺品なのだから、本来は主体的に夫が動くべきなのだ。

鍋やフライパンを金属資源収集用にまとめている途中、ふと壁の時計を見上げると、とっくに昼を過ぎていた。

休憩しなければ。

根を詰めすぎると、後で疲れがドッと襲ってくる。

テレビを点け、駅前のベーカリーで買ってきたサンドイッチを頬張った。

それにしても、ここに来ると、妙に時間の経過が早い気がする。様々な「やるべきリスト」が、常に頭の中に渦巻《うずま》いていて、焦燥感から解放されるときがない。

重いけど頑張って食器を捨てること、醤油なら流しに捨てても大丈夫だろうけど、サラダ油はどうやって捨てようか、冷蔵庫の中にある瓶は全部洗って資源回収に出さなければならない。ピーナツバターやナッツのオイル漬けは油がべとべとして洗うのが面倒に違いない。前回持ち帰るのを忘れてしまったレタスとほうれん草は今日は絶対に持って帰らなきゃ。大きな下駄箱に入っていたウォーキングシューズはどうしよう。自分はサイズが合わないから、全部捨てることになるのかな。だけど、まだ新しそうな山羊革の柔らかい靴もあったから捨てるのはもったいないかも。だったら隣家の沙奈江に声をかけてみるのはどうかな。お古の靴なんていくらなんでも失礼だろうか。あのフミという女は今日も来ているのだろうか。それよりも、米と砂糖と塩の使いかけは、お隣に貰ってもらえるかな。米も砂糖も重いからゴミ置き場に捨てにいくのが大変だ。沙奈江に貰ってもらえそうな物は、いったん段ボール箱にまとめておいたらどうだろう。

食品があるのはキッチンだけじゃなかった。奥の部屋の棚からも、レトルト食品やサトウのごはんが大量に出てきたのだった。これらもお隣にあげてしまいたい。そういえば翌々週の粗大ゴミには何を出す？　タンスはまだ無理だ。だって玄関からの動線が確保できそうにないから。となると……あっ、そんなことよりも天袋の中の食器類を全部、不燃ゴミ用の袋に詰めなきゃ。この分だとゴミ袋が足りなくなる。もっと買っておかなきゃ。それに、えっと……。

一度に大量の情報が視覚から入り、頭の中で整理されないままグルグル回っている。その中から一つだけを抽出して集中して考えるということが、なかなかできないでいた。ああ、やっぱり実家の母は気遣いのできる人だった。こんな混乱を子供に遺さなかったんだもの。そして何よりも、もったいないという罪悪感を子供に引き継がせたりしなかった。

お義母さん、何度も言わせてもらって悪いですけどね、うちの母はあなたと違って聡明でしたよ。

いや、そんなことはこの際、もうどうでもいい。とにかく今日一日の成果を、そう、目に見える成果を上げたかった。そうしないと、無力感に襲われて気分が沈んでしまう。若い頃は、どこまでも沈んでいくのを為《な》す術《すべ》もなく放置していたものだが、中年以降はなんとかして解決しようと、それも今すぐケリをつけようと試行錯誤するようになった。人生の残り時間が少ないと自覚しだしたからというよりも、人間どうせいつか死ぬのに沈んでいるのが馬鹿らしくなったからだ。

人間誰しもいつかは死ぬことなど、若い頃から、いや子供の頃から知っていた。だが、それを自分の現実として捉えられるようになったのは、つい最近のことだ。

今日やったことといえば、舅のスーツを片づけてゴミ捨て場まで九往復したことと、鍋やフライパンをまとめて、とりあえずベランダに置いたこと。粗大ゴミ三点を決めて、電話で予約もした。

何もしなかったわけではない。それどころか、ずっと立ちっぱなしで、ほとんど休憩も取らず、よく頑張ったよ、私。

でも……成果がはっきりとは目に見えない。ひと部屋さえまだ片づいてないし、ひとつとして空っぽになった押入れもない。

やっぱり、これじゃあ情けない。

壁の時計を見ると、はや午後三時を回っていた。遅くとも五時にはここを出て六時半には帰宅していたい。夕飯も作らなきゃならないし、洗濯もあるし、明日はパートを休むわけにはいかないから今夜は早めにベッドに入りたい。

残りは二時間。

優先してやるべきことは何か。

集中して考えようと、目を固く瞑《つむ》った。

――いま考えてみるとね、こまごました物から手をつけたのが間違いだったわ。

冬美はそう言ったけど、そのこまごました物で生活は成り立っているのではないか。

タンスや冷蔵庫などの大きな物を片づけることももちろん重要だが、それにはそれほど手間はかからない。業者に頼むなり、市の粗大ゴミ収集に依頼するなりして運び出してもらったら一瞬で終わる。

だが、冬美の言わんとすることもわかる。例えば食器棚ひとつだとか、整理ダンスひとつだけを片づけるのならいいが、３Ｋ全部となれば、あまりに物が多すぎて考えただけでパニックに陥りそうになる。だから、目についた物から闇雲にゴミ袋に放り込みたくなる。そして疲れ果てる。

――気づいたら食事を取るのも忘れて夜になっちゃってたのよ。

実際、自分もそうなっていた。ここに来るたび昼食を取るのを忘れてしまい、気づくと昼を過ぎている。早く終わらせたい気持ちが手を止めさせず、窓の外が薄暗くなりかけていることにも気づかないし、空腹さえ感じない。まるで、魔力に取り憑《つ》かれているようだった。

とにもかくにも一刻も早く片づけてしまいたい。

そうだ、さっき電話で予約した粗大ゴミをゴミ置き場に出してしまおう。うん、そうしよう。

パッと目を開けると、バッグから粗大ゴミのシールを取り出した。それを座椅子二つと扇風機に貼り、ゴミ置き場まで二往復して持っていった。

たったそれだけで腿の筋肉が攣《つ》れた感じがする。たいして重くもないのに、こんなことでどうするのだ。さっき舅のスーツを捨てに九往復したのが響いている。

だが、部屋から三点もの粗大ゴミが消えてなくなったことは嬉しかった。もう少し暖かくなったら、冬美を誘って毎日ウォーキングして足を鍛えようと、前向きな気持ちになった。

　流しの下にある物を次々に引っ張り出して、ゴミ袋に入れているとき、ふと自宅マンションのキッチンが頭に浮かんだ。家に帰ってから疲れた身体で夕飯を作ることを想像すると、深い吐息が漏れた。

　ああ、面倒だ。

　確か、朝の味噌汁の残りがあったはず。冷蔵庫の中には何があったっけな。特にめぼしい物はなかったかも。最寄りの駅に着いたらスーパーに寄らなきゃ。頭が冴《さ》えているときはパッと献立が決まるのだが、疲れているときは、そうはいかない。

　あっ、そうだ。

　無意識のうちに指を鳴らしていた。

　いいこと思いついた。

　一瞬にして気持ちが明るくなった。

　キッチンに置いてある段ボール箱から、サトウのごはんとレトルトカレーを二人分取り出して紙袋に入れた。今日の夫の夕飯はこれで勘弁してもらおう。

　──お義母さんの思い出の味よ。

　とかなんとか言えば、夫の不満も引っ込み、しみじみした顔で味わうのではないだろうか。

そのあとは、流しの引き出しにぎゅうぎゅうに詰め込まれた布巾類を遠慮なくゴミ袋に次々と放り込み、スーパーやコンビニでもらうスプーンやフォークをプラスチック専用のゴミ袋に入れた。そして、古びて傷だらけのステンレスのスプーンやフォークを金属回収用の袋に入れているとき、ふと窓の外を見ると夕闇が迫っていた。

暗くなる前に帰らなきゃ。

片づけを途中で放り出し、急いでコートを着てマフラーを首に巻いた。

家中の窓を閉めて回り、火の元を指差し確認してから、玄関でブーツを履きかけたときだ。

あっ。

大事なことを忘れていた。今日こそ腐りかけの野菜を持ち帰らなければならないのだった。今週の燃やすゴミの日は昨日が最後だった。そのうえ運の悪いことに、今日はアメリカ政府のお偉いさんが訪日しているらしく、テロを警戒してどの駅のゴミ箱も封鎖されている。駅に捨てられないとなれば、ドロドロのほうれん草を持ったまま東京を横断しなければならない。電車に乗ったときに隣席の人が臭いに気づかなければいいが。

そんな心配が、更に心をどんよりと曇らせた。

ビニール袋を二重にし、更にそれを入れるレジ袋を床に置いて口を広げる。

息を止めて野菜室を手前に引いた。

えっ、ない？

どうして？

この前来たときは、確かにあったはずなのだ。絶対に錯覚じゃない。

ぞっとした。背後に誰かがいるような気がして、素早く振り返ったが、誰もいない。

あのほうれん草は、どこへ行ったの？　レタスは？

さっき写真に撮ったはずだ。いや、撮ったのは冷蔵室だったか。野菜室や冷凍室はたいして物が入っていなかったから、わざわざ写真に撮るほどのこともないと判断したのだった。

前回ここに来てから三日が経つ。その間に誰かが持ち去ったとしか思えない。

……怖い。

急いで野菜室を閉めると、コートとバッグを摑んで玄関へ走った。

足がもつれる。

不審者だか幽霊だかなんだか知らないが、誰かにずっと監視されているような気がした。玄関ドアを閉めて急いで鍵をかけ、走って外階段を一気に下った。そのままバス停まで走り続けたかったが、息が切れたので速度を緩めながら考えた。

不審者のことを夫に相談した方がいいだろうか。

でも、この目で見たわけじゃない。

それに、落ち着いて考えてみると、やっぱり錯覚だったのかとも思う。

夫は最近特に仕事が忙しいから、つまらないことはなるべく言いたくない。

だけど、そうは言っても……。

ああ、考えがまとまらない。

一度にあれもこれもと同時に考えることは、今までの子育てと家事とパートの両立で訓練されてきたはずだった。だが、遺品の整理はそれを上回る混乱をきたしている。

今日のところは、夫に言うのはやめておこう。

4

父の十三回忌のために、久しぶりに帰省した。夫は仕事が忙しいので、今回は一人で向かった。

母の法要は一度もしていない。母が生前に、やる必要はないと口酸《す》っぱく言っていたからだ。わざわざ自分ごときのために遠方から親戚に来てもらうなんて、とんでもないことだと母は言った。周りに迷惑をかけることが、何よりも嫌な人だった。その信条通り、母は誰にも迷惑をかけずにひっそりと亡くなった。死者よりも生きている者たちのことを優先して考える人だった。

空港からバスで向かう途中、雪に覆《おお》われている山々を眺めた。

町の中心部から少し離れたところに実家はある。昔ながらの閑静な住宅街で、敷地が三百坪もあるどっしりした日本家屋だ。焼き杉の黒い板塀に囲まれた古い家で、現在は弟夫婦が暮らしている。弟夫婦には娘が一人いるが、今は結婚して東京暮らしだ。

母が胃癌を宣告されてから亡くなるまでは一年半だった。痛み止め以外の治療を拒み、その間に自分の持ち物を徹底的に整理した。その頃の父はまだ元気で市長を務めていたので、父の身の回りの世話は弟一家に頼み、母は渡り廊下の奥にある離れの六畳間を自分の居室と定めて閉じ籠もった。食事はバナナ一本だけとか味噌汁だけとか、ほんの少量だったが、美紀さんに運んでもらったと聞いている。

癌が発覚して間もなく、母から手紙が届いたことがある。

時候の挨拶も病状の説明も何もなく、いきなりずらずらと形見分けについて書かれていた。

――望登子へ　以下の項目から欲しい物があれば言ってください。
一、黒留袖（貝桶《かいおけ》に燕子花《かきつばた》の図）
二、色留袖（濃鼠《こいねず》色、インドの王様の行列図）

三、訪問着（淡い虹色、松竹梅に宝尽くし）
四、付け下げ（鳥の子色、短冊の図）
五、小紋（紫水晶色、蛍暈《ぼか》し）
六、久留米絣《かすり》（藍鉄色、山葡萄《ぶどう》の図）
七、指輪（プラチナ台翡翠《ひすい》　9号）
八、指輪（プラチナ台オパール　7号）
九、ブローチ（プラチナ台あこや真珠）
十、ペンダント（十八金、一粒ダイヤ）
十一、ネックレス（黒蝶真珠《くろちょうしんじゅ》ピーコックカラー）
十二、ネックレス（プラチナ十八金コンビ）
十三、ハンドバッグ（クロコダイル、焦げ茶、幅25×縦20×マチ8）
十四、ハンドバッグ（クロコダイル、黒、幅35×縦30×マチ12）

腕時計や牛革バッグなどは社会福祉センターのバザーに寄付しました。

望登子は洋服は十一号でしたよね。七号は小さくて着られないでしょうから、カシミヤのコートやフォーマルスーツなどは、すべて美紀さんに譲ろうと思います。指輪は望登子に合わせてサイズ直しに出すこともできますから、欲しい物があれば大きさを教えてください。着物は帯や帯締めとセットにしてまとめてあります。美紀さんは遠慮して、何度聞いても「私は結構です」と言うんだけど、そうもいかないわよね。

連絡をお待ちしています。母より

着物をいくつかとブローチとハンドバッグなどをもらったが、どれも一度も使うことなく納戸にしまってある。娘にも尋ねたが要らないとそっけなかった。今やカジュアルな時代になり、仰々しい物は流行らなくなったのだから無理もない。とはいうものの、去年の暮れに断捨離したときも、母の遺品だけは古物商に引き取ってもらうことも、ましてや捨てることもできなかった。数少ない思い出としてしばらくこのまま置いておきたい。だが自分の死後はどうなるのだろう。子供達に迷惑をかけることになる。とはいえ、姑の遺品とは比べようもないほど少ない。それに、売ったら値がつくと思われる物もあるから、負担に思うほどのことでもない。

弟夫婦が取り仕切ってくれた父の法要は、滞《とどこお》りなく終わった。父や母の兄弟姉妹は既に全員が鬼籍に入り、参列してくれたのは、地元で暮らしている数少ない従兄弟《いとこ》だけだった。

その日は母が使っていた離れに泊めてもらうことになった。父の部屋は庭に面していて日当たりが良いからだろう、今では弟の書斎になっている。だが、母の部屋は亡くなった当時のまま残してあった。美紀の気遣いなのだろうか、それとも単に部屋数が多いからわざわざ使うこともないと放ってあるのか。

風呂から上がると、「お蒲団を敷いておきました」と美紀が声をかけてくれた。

「ありがとう。お世話になって悪いわね」

「とんでもない。お義姉《ねえ》さんの生まれ育ったお家なんですから遠慮しないでくださいね。お蒲団もお天気のいい日に干しておきましたから、ふかふかですよ」

気立ての良い人が弟と結婚してくれて良かったと、美紀に会う度に思う。亡き母もきっとそう思っていたことだろう。

バスタオルで髪を拭きながら、久しぶりに離れに足を踏み入れた。母が亡くなってはや十五年にもなるが、部屋はきれいなままで傷んではいなかった。きっと美紀が空気の入れ替えをしてくれているのだろう。

母の部屋で独りになってみると、夜の静けさが身に沁《し》みるようだった。まるで、山の中の一軒家にいるのかと思うほどの静寂さだ。東京の静けさとは違った。

暖房を消して蒲団に入った。シーツからは、洗剤のいい香りがほんのり匂った。ふんわりしていて清潔で気持ちがいい。

今朝早くに家を出て羽田《はねだ》空港へ行き、こちらへ着いてからはすぐに父の法事が始まり、休む間もない一日だった。だから疲れているはずだった。それなのに、なかなか寝つけない。

仰向《あおむ》けに寝転んで天井を見上げていると、幼い日の記憶がポツンと浮かんでは消える。五十歳をいくつも過ぎたというのに、そして孫のいる身だというのに、それでも母が恋しくなってくる。

障子を通して月明かりが差し込み、だんだんと暗闇に目が慣れてくると、壁際にある桐のタンスが目に入った。それは母専用のタンスだった。

一段目には小物が入っていたはずだ。きれいなブローチや、いい匂いのするハンカチ。母の服装は常にシックだったが、その反動でもあるかのようにハンカチは大胆な花柄の物が多かった。そして二段目には手袋やマフラー。雪国では必需品だ。中でも手首の所に毛皮がトリミングされている革の手袋は、幼い日の自分にとっては憧れだった。まるで絵本に出てくる外国の貴婦人が使う物みたいだと、うっとりと眺めたものだ。

あれは三段目だったかな。色鮮やかな蝶々の描かれたポーチが入っていたのは。

次の瞬間、蒲団を跳ね除けて起き上がっていた。母に会いたくてたまらなくなった。

タンスに近づいて一段目をそっと引き出してみた。

何も入っていなかった。それどころか埃ひとつない。

二段目も、三段目も、四段目も……何もなかった。

母は死に向かっての準備を怠らなかった。痛み止めが効いているときを狙って、隅から隅まで掃除したのだろう。タンスの四隅の埃まで掃除機で吸い取り、そのあと雑巾でカラ拭きまでしたのかもしれない。

引き出しの底面に鼻を近づけてみた。母がたまに焚いていた「七夕《たなばた》」という名のお香の匂いを、せめて嗅ぎたかった。だが……何の匂いもしなかった。

しんとした部屋の中で、背中がすっと寒くなるような寂しさに包まれた。

畳の目に沿って足を滑らせ、そろりそろりと文机《ふづくえ》に近づいて、机の前に正座してみた。机の上に置いた両手から冷たさが伝わってくる。母はよくここで背筋を伸ばして本を読んでいた。自分のようにベッドに寝転がって行儀悪く読む人ではなかった。

俳句の同人会にも入っていて、毎月のように投稿していた。扉付きの本棚の中には、同人誌が古い順にきっちり並べられていたはず。

今もあるのかな。

そっと扉を開けてみたが、そこも見事なほど空っぽだった。タンスと同じで埃ひとつない。

お母さんは、どんな俳句を詠《よ》んでたんだっけ？

何度か賞を取ったこともあったよね。

そのときは巻頭で紹介されたでしょう？

もしかして、その号も捨てちゃったとか？

無意識のうちに、乱暴に文机の引き出しを次々に開けていた。

そこに何もないとわかると、今度は押入れの襖を力任せに開けた。襖の滑りが良くて、大きな音を立てた。

何も……なかった。

部屋を見回してみるが、姑の部屋とは対照的で家具自体が少ない。部屋の真ん中に敷かれた蒲団の上に正座して、息を詰めて部屋をぐるりと眺め回した。

「お母さん」

声が掠《かす》れた。

母の気配は既にどこにもなかった。

姑の家で片づけをしているときは、いつも天井から睨まれている気がするというのに。

姑は亡くなったあとでも、いまだにしつこく非難がましい目を私に向けていて、私のやることなすこと全部気に入らないみたいで、いちいち口を出してくるっていうのに。

ねえ、お母さん、お母さんって、どんな人だったっけ？

お母さんの存在が幻だったような気がするよ。本当に実在したのかって思うくらい遠い人のような感じだよ。姑のことなら、生前からよく知ってただけじゃなくて、死んだ後も色々なことがわかったのに。だって饅頭の空き箱に入っていたコンサートのチケットの半券を見れば、加山雄三やら氷川《ひかわ》きよしやら由紀《ゆき》さおりなんかをしょっちゅう聴きに行ってたこともわかるし、ルミネtheよしもとの新喜劇や漫才や、格安の温泉ツアーで日本全国どこまでも出かけて行ったことがわかるんだもの。十枚近くもあるビニール製の安っぽい花柄のバッグや、猫柄の靴下なんかを見ても、あの人の趣味がわかるの。だってでも、お母さんは演歌や歌謡曲にも興味はなかったし、落語も聴かなかったよね。だったらクラシックならどう？　コンサートに行ったこともあったよね？　どこのオーケストラの、どんな曲だったの？　旅行はどうだった？　誰とどこに行ったの？　ああそうだった。父さんが市長になってからは、誰ともつき合いを断ったんだったね。買い物も控えるようになったね。豪雨被害のあと、新しい物を着ていると思われたくないから、家にある古びた物で十分だって言ってたよね。

ところでさ、お母さんは人生が楽しかったですか？　お母さんは遺品だけじゃなくて、思い出も少ないよ。だけどね、私は姑との思い出は多いの。そのほとんどが腹立たしいものだったとしてもね。

姑は人間臭かった。生臭かった。生活者だった。ケチだったのに浪費家だった。おしゃべりだった。「赤羽《あかばね》あんこ」という和菓子が大好物で、おはぎを作るのが上手だった。人の悪口を言うのが大好きで、テレビで勧善懲悪の時代劇を見てはいつも涙を流していた。単純だった。馬鹿みたいだった。

だけど、お母さんは、いったいどんな人だったの？

私のこと、どう思ってた？

蒲団に入り直し、口もとまで掛け蒲団を引っ張りあげて、天井を見あげると、切なさが胸に迫ってきた。

翌日は神社で祭りがあった。

もしかしたら高校時代の友人の誰かが帰省しているのではないかと思い、淡い期待でメールしてみると、幸運なことに最も仲の良かった三千絵《みちえ》と連絡が取れた。

二人で町を歩くのは何年ぶりだろう。もしかしたら、高校以来かもしれない。

祭りのために旧城下町内はすべて通行止めになっていて、道路沿いにはぎっしりと屋台が並んでいた。

例年通り、評判の高い鯛焼き屋の前には行列ができていた。最近では露天商も清潔第一になったと聞いている。この鯛焼き屋にしても、大阪に大きな店舗を持っているらしく、屋台と思えないほど骨組みがしっかりしていて小ぎれいだ。昔はトラックで来て、その中に寝泊まりし、鯛焼きに使う水は大時計の前にある大池の水ではないかと噂されていたものだ。そういえば、怪しげなカラーひよこもいつの間にか姿を消した。

三千絵と二人で鯛焼きを一つずつ買い、お城山の赤い鳥居をいくつもくぐり抜けて、やっと神社のある見晴らし台まで辿り着いた。石のベンチに並んで座ると、町が一望のもとに見渡せた。石の冷たさは、お尻の下の厚いダウンジャケットがなんとか防いでくれている。

「まだ冷めてないね」

そう言って三千絵は鯛焼きを半分に割ると、尻尾《しっぽ》からかぶりついた。

故郷に帰ってくるのは、三千絵も久しぶりだという。三千絵は甲府《こうふ》に嫁ぎ、そこで夫の実家のワイナリーを手伝っている。子供は二人とも数年前に独立したらしい。

「望登子のところはいいわよね」

「なんなの、いきなり」

「だって望登子には弟さん夫婦がいて、実家を守ってくれてるでしょう。うちの実家は母が亡くなってから、ずっと空き家なのよ」

三千絵は三人姉妹の長女だが、三姉妹ともに遠くに嫁いだ。

「維持費も大変でね。今回だって実家じゃなくてホテルに泊まってるの」

三千絵によると、基本料金だけとはいえ光熱費も馬鹿にならないから電気もガスも止めてあるのだという。

「実家を売りに出して何年も経つのよ。どんなに値を下げても売れなくて困ってるの」

三千絵の実家は、駅からバスで十分ほどかかる。広い敷地に贅沢な平屋の作りだ。

「思いきって千九百八十万円に下げたの。まるでスーパーの安売りみたいでしょう。それなのに、一年経っても売れなくてね。だから妹たちと相談して、少しずつ値を下げていって、今じゃ六百八十万円よ。それでも売れないの」

「ええっ、あんなに立派なお屋敷なのに？」

三千絵の家には何度か遊びに行ったことがあるが、豪農といった風情《ふぜい》のある作りだった。囲炉裏《いろり》の間には、歴史を感じさせる煤《すす》けた重厚な梁《はり》がある。

「そんなに安いなら、私が買いたいくらいよ」と望登子は言った。

「みんな口ではそう言うのよ」と三千絵は苦笑した。「だけど安いからといって安易に買ってしまったら、あとが大変だもんね」

「都会の人なら別荘として使いたいと思うんじゃないかしら」

「別荘なら管理人がいないとダメよ。人が住んでいないと家はどんどん傷んでくるもの。今は親戚に頼んで週に一回は風を入れに通ってもらってるんだけど、こう何年も続くと、本音では負担に感じてるみたいなの。だからできれば……」

三千絵はいきなり黙った。

「どうしたの？　できれば、何なの？」

「母が何もかも処分してから死んでくれてたら、どんなによかっただろうって思う」

「処分って、家も丸ごとってこと？」

三千絵の母親は癌で入退院を繰り返し、最後は誤嚥《ごえん》性肺炎で亡くなったと聞いている。

「三千絵、それは無理じゃない？　だって、お母さんは施設に入っていたわけじゃないから、家は最後まで必要だったでしょう？　いったい、どのタイミングで売るの？」

「だよね。実際問題として家を売るのは難しかったとは思う。でもさ、ある程度は道筋をつけておいてほしかったわけよ。うちは姉妹三人とも高校卒業と同時に都市部の学校に進学したでしょう。だから、地元のことが本当の意味ではよくわかってないのよ」

「それ、すごくわかるよ。私も同じだもの。この町で過ごしたのは、親の庇護《ひご》の下にいた子供時代だけだものね。大人としてのつき合い方も知らないし、町内会の常識みたいなのも知らないままだし」

「でしょう？　家を壊して更地にしてしまってもいいのか、家財道具にしても由緒正しい感じがする立派な物がたくさんあるんだけど、それは捨てちゃってもいいのか、それとも父が生まれ育った家だから、父方の親戚の全員に連絡して要るかどうかを聞くべきなのか、どこの不動産屋なら信頼できるのか、いくらぐらいで売れればいいのか、もうほんと、わからないことだらけで大変なの。三人姉妹のうち誰一人地元に住んでいないでしょ、地域の様子も相場もわからないから不動産屋の言いなりよ。それに、望登子の実家と違って、うちは田舎だから、どんなに安くしても売れそうにないのよ」

「何言ってるのよ。うちだって田舎だよ」

「そりゃあ東京からみたらどっちも田舎なんだろうけど、望登子の家は商店街に近いじゃない。でもうちは、隣の家まで畑や田んぼが何反《たん》も続いているような辺鄙《へんぴ》な所だよ」

「でも、町の中心部だって最近は売れないって聞くよ」

「そうかな。そうかもね。過疎化のスピードが増してるもんね。でね、本当の問題は家より田んぼなのよ。うちは二町歩《ちょうぶ》もあるの。もうどうしたらいいんだろ。途方に暮れちゃうよ」

「田んぼって売れないもんなの？」

「売れないに決まってるじゃない。そのうえ山もあるの」

「三千絵のうちって山持ちだったの？　すごいじゃない」

「冗談やめてよ。そんなのを自慢できたのは昭和時代のことよ」

最近は、不動産を負動産と言い換えるようになったと何かで読んだ。そこへいくと、姑は晩年になって賃貸の団地に住んでいたから不動産を遺さなかった代わりに、負動産も遺さなかったということになる。さっぱりきっちり使いきって亡くなる人生も良いかもしれないと、そのとき初めて思った。

そのあと三千絵と駅前のレストランで夕食を済ませた。せっかく帰省したので二泊する予定だが、美紀に夕食の用意までしてもらうのは悪いと思い、外で食べてくると出がけに言っておいた。

三千絵と駅前で別れたあと、実家に戻った。

離れに向かって廊下を歩いているとき、美紀が障子の向こうから声をかけてきた。

「お義姉さん、コーヒーでもいかがですか？」

「ありがとう。いただこうかな」

障子を開けて居間に入ると、新聞を読んでいた弟の達彦《たつひこ》が「よっ」と片手を上げた。

広い居間は和洋折衷《せっちゅう》の板の間で、ソファがゆったりした配置で置かれている。照明も暗めで落ち着いた雰囲気があり、子供の頃からこの部屋が大好きだった。外国の童話に出てくるお部屋みたいだねと同級生に言われたこともあり、自慢の部屋でもあった。

美紀の淹れてくれたコクのあるコーヒーをゆっくりと味わう。暖房がほどよく効いていて、ソファに深く沈み込むと、ホッと寛ぐことができた。

「実はさ」と弟が何かを決心したときのような顔でこちらを見た。「俺たち、この家を売りに出そうかと思っているんだ」

「えっ、この家を？　どうして？　売ったあと達彦と美紀さんはどこに住むの？」

気づけば矢継ぎ早に質問していた。

この家が人手に渡るのが嫌だった。とはいえ、実家を維持することに何ひとつ貢献できそうにない。だから、弟夫婦に売らないでほしいと頼むこともできない。

「美紀が東京に戻りたいって言っててね。果穂《かほ》も東京暮らしだし」

美紀は東京の生まれだった。達彦とは大学時代に知り合って結婚し、誰一人知り合いのいないこの地に嫁いできた。一人娘の果穂は、東京の大学を出てからそのまま東京で就職して結婚した。

「果穂がもうすぐママになるらしいんです。仕事を続けたいと言ってますから、できれば近所に住んで子育てを手伝ってやれればと思うんです」

「そうなの……それは果穂ちゃんも助かるでしょうね」

「俺も、もうすぐ定年だしね」

「達彦が六十歳になるまで、まだ六年もあるじゃない」

「この辺の土地はどんどん値下がりしているから、早めに売り抜けた方がいいと思って」

「定年までの六年間はどこに住むの？」

「会社の近くのマンションを借りようと思ってる。東京と違ってこっちは家賃が安いし、夫婦二人暮らしなら狭いところでもいいし」

「それに……」と美紀が遠慮がちに姉弟の会話に口を挟んだ。「この大きな一軒家を片づけるには、少しでも若くて体力があるうちがいいと思うんです」

「それは言えるわね」

同意せざるを得なかった。遺品整理の大変さは今まさに自分が体験している。

この家は何世代も前から住んでいる一軒家だ。そんな家を片づける大変さは、３Kの団地の比ではないだろう。

定年退職を機に田舎暮らしを始めるというのはよく聞くが、弟夫婦のように都会に移住するという選択肢があるとは考えもしなかった。今や家を継ぐという考えがなくなり、自由に生きられるようになったという意味では歓迎すべき風潮かもしれない。だが、この家を売ってしまえば、今度こそ本当に母の思い出が根こそぎ消えてしまうようで、つらい気持ちになった。

「生まれ育った家がなくなるのは寂しいけどね」と、弟は姉の気持ちを汲《く》んだかのように続けた。「老朽化してきていてね、補修するのにもまとまった金が要りそうなんだよ」

弟は済まなそうな顔をした後、この家で過ごした幼い日々を思い出しているのか、遠い目をした。

5

K市役所に電話をかけ、粗大ゴミを申し込んだ。

「整理ダンスを三点、お願いいたします」

――それでは、縦、横、奥行きの三辺の合計の長さを教えてください。

「一点目は二百四十五センチ、二点目が二百八十五センチ、三点目が三百二十五センチです」

予め測っておいた寸法を、望登子はスラスラ言った。

――わかりました。最初のが八百円、次が千二百円、その次も千二百円です。二百円と三百円のシールを組み合わせて貼って、当日の朝八時までにお出しください。それではよろしくお願いします。

早口で言い終えると、すぐに電話を切ろうとする。

「あっ、もしもし、もしもーし、あ、すみません、それで、ですね」

――はい？

「六十五歳以上の世帯の場合、部屋の中まで家具を取りにきてもらえるってホームページに書いてありますよね」

――お宅様は何歳ですか？

「七十八歳です」

返事がない。声が若いから本人ではないとわかってしまったのか。

「私のことではなくて、ですね。主人の母です。姑の家を片づけに来てるんです」

自分自身が住民ではないとバレてしまうが、言わざるを得なかった。

――ああ、なるほど。そういうことですか。

あっさりした物言いなので安堵《あんど》した。遺族が片づけに来るのは普通のことだから、そもそも心配する必要はなかったのかもしれない。

——ご近所の若い方には手伝ってもらえないんですか？

「は？　近所に知り合いはいないのですが」

自分の知り合いはいないが、姑の知り合いはたくさんいるだろう。そこを突っ込まれたら困る。

——お子さんならいらっしゃるわけでしょう。つまり、あなたのご主人のことですが。

「うちの夫ももうすぐ六十歳ですし、大きな家具を運ぶのは無理なんです」

たとえ二十代男性であっても、一人で運ぶのは難しい。引越し業者や運送業者のように、慣れている人であっても、数人がかりではないだろうか。

ホームページには親切そうに書かれているのに、本音ではできるだけ阻止《そし》したいらしい。予算に余裕がないのだろうか。

——ご主人が六十歳近いとなると……だったら仕方ないですね。さっき三辺の合計を教えていただきましたが、業者に運び出しを依頼する場合は、縦、横、奥行きをきっちり伝えないといけませんので、もう一度最初から長さを教えてください。

担当者の言い方が妙に冷たく聞こえて、落ち込みそうになる。もう五十歳をいくつも過ぎているというのに、いまだに相手のちょっとした態度でいちいち傷ついてしまう。

そんな自分を克服したいと思い始めて、もう三十年以上も経つのが情けない。性格というものは、そう簡単には変えられない厄介《やっかい》なものであるらしい。

寸法を細かく伝えてから、やっと電話を切った。

いつだったか、大学時代の友人に言われたことを、ふと思い出した。

——私は専業主婦の人って苦手。何重にもオブラートに包んだ言い方をしないと、傷ついた顔するから面倒くさいったらないわ。私なんかずっと会社で働いてるから、ストレートな物言いなんかで傷ついてる暇ないのよ。まっ、言い換えると、毎日傷ついてボロボロってことだけどさ。

キャリアウーマンの彼女から見れば、パートは仕事とは呼ばないらしく、専業主婦には違いないらしい。

だけど現実は、パートなどいくらでも替えがきくと思われているのか、本社から週に一回来る三十代の営業課長から虫ケラのように扱われることも少なくない。屈辱的な思いをするという点では、キャリアウーマンの彼女よりも回数は多いかもしれない。それなのに……。

「きーみのー希望がー叶うようにー僕はいつだあってえ」

昔覚えた歌を口ずさんでみた。

何がきっかけだったか、歌うことで少しだけ気持ちがスッとすることを覚えた。

人生は残り少ない。落ち込んでいる暇はない。どうせみんな死ぬんだ。偉い人も偉くない人も金持ちも貧乏人もみんな死ぬ。その証拠に、夫の両親も実家の両親も死んだ。

「さて、と」

腕組みをして部屋を見回した。

整理ダンスの中身を空っぽにしなければならない。三棹《さお》もある。洋服ダンスの下の引き出しもまだだ。そして玄関からの動線の確保も必要だ。

床に置いてある大量の段ボールやダイレクトメールや新聞紙に目をやる。もしかして、市役所に電話するのは早過ぎたのではないか。これら全部を、タンスを引き取りにくる日までに片づけられるのだろうか。どうして自分はこうも後先考えずに突っ走ってしまうのだろう。

だって、大物をなんとか早く片づけてしまいたかったのだ。目の前から消えてほしかった。そうでないと、ちっとも前に進んでいない気がする。

大丈夫。なんとかなるよ。いや、なんとかしよう。

パートは金曜日まで休みをもらった。土曜日に出勤することと引き換えだ。

よし、あと二日、頑張ろう。

部屋の中にいながら、まるで大空を仰ぐようにして両手を広げて深呼吸してみた。

ひとつずつ地道に集中して片づけていけば、いつかは終わるはずだ。永遠に終わらないなんてことはないのだから。

仕事と家事と子育てをこなす日々の中で、いつの間にか、あれもこれもと同時に考える習性が身体の奥まで沁み込んでいる。だが、遺品整理の作業の中では封印した方がよさそうだ。やるべきことがあまりに膨大で、パニックに陥りそうになる。

ひとつずつ、コツコツと。

そう、落ち着いて、確実に。

まずはダイレクトメールがこれ以上届かないようにしなければならない。さっき一階にある集合郵便受けを見たら、通販のパンフレットがまたしても二通も届いていたのだった。

パンフレットに記載されている番号に片っ端から電話をし、配送の中止を願い出た。どの業者も理由を尋ねることなく簡単に了承してくれたので、十二件もあったのに意外とすぐに終わった。

そのあと、一番大きいゴミ袋を一枚取り出した。口を開いて鯉のぼりのように勢いよく宙を泳がせ、空気を入れて膨らませる。

「やるぞっ」と、自分に気合を入れて奥の部屋に突進した。

いちばん大きな整理ダンスの前に立つ。

タンスの上には、タンスと同じ幅の人形ケースが載っている。子供たちの世代は「人形ケース」なる言葉を知っているだろうか。土産の置物などを大切にしまっておく習慣は、もはや自分の世代にもない。土産に飾り物を買ってくることもなくなった。友人やご近所の間でも、土産といえば温泉饅頭であったり魚の干物であったりと、いわゆる消え物しか買わなくなって久しい。

人形ケースを見上げた。

大小さまざまなコケシ、木彫りの熊、対になった陶器製の大きなシーサー、貝殻で作った蛙、縦二十センチほどもある将棋の駒、イギリスの赤い兵隊さん、ネジを巻けば少女がくるくる回るオルゴール、ゴム製のアンパンマン、松ぼっくりでできた狸、陶器の招き猫、赤べこ、起き上がり小法師《こぼし》、でんでん太鼓……。

捨てるに当たって躊躇する物などひとつもない。

そうは思ったが、もしかしたら夫にとっては思い出深い品がひとつくらいあるかもしれない。一応はスマホで写真を撮っておこう。家族の思い出を写真一枚にぎゅっと閉じ込めて保存しておくのは、いまや広く知られた断捨離の方法だ。なんならあとで写真店に行ってプリントしてもいい。

夫に写真を見せて判断を仰ごう。なんせこの家は夫の実家なのだから、自分にはどれにどんな思い出が詰まっているのかなど知る由《よし》もない。人形ケースの整理は明日以降にやることにして……それより、タンスの中身を早く処分しないと。

一段目にはハンカチとスカーフがぎっしり詰まっていた。

ハンカチはいったい何枚あるのだろう。どれもこれも安っぽい。

実家の母はハンカチを五枚ほどしか持っていなかった。シルク百パーセントの物と決まっていて、寒い日には急遽スカーフにも化ける大判だ。母は入浴するついでにそれらを手洗いし、生乾きのときにアイロンをかけていた。良い物を大切に長く使うという習慣が身についていた人だった。

それに比べて、姑の買い物の仕方といったらどうだ。値段の安さに釣られて買うから、買っても買っても満足しないのではないか。母のように、気に入った物を高価であっても思いきって買えば、これほどの数にはならないはずだ。そもそも高いといったところで、ハンカチなどたいした値段ではない。結局は、母より姑の方が、ハンカチごときにたくさんのお金を使ってきた人生だったのではないか。

お義母さん、この際はっきり言わせてもらいますけどね、こういう買い物の仕方を私は軽蔑しますよ。

天井の隅をチラリと見上げたが、今日は睨まれている気がしなかった。

ですよね。お義母さんはそもそも私の言うことに耳を傾けたりしないですもんね。今もほら、無視したんでしょう。わかってますよ。ハンカチもポリエステルのスカーフも、私の趣味には合わないんで、悪いけど捨てさせてもらいますね。

二段目の引き出しを開けると下着類が詰まっていた。三段目以降はどれも洋服がギチギチに詰まっている。迷いなく次々にゴミ袋に放り込んでいった。姑はいい年をして派手な柄や猫の絵がついた可愛い洋服が大好きだった。

そんな代物はね、私だったら寝巻きにするのだって嫌ですよ。いつ大地震が起こっても不思議じゃないと言われている世の中なんですよ。こんな柄の服を着て避難所に行きたくないですもん。災害時となると、そう簡単には着替えが手に入らない状況になるでしょうから、着の身着のままで避難して、一週間ずっと同じ服装のままでいなくちゃならないんです。つまりね、孫がいるような年齢の女が胸に大きな猫のイラストがついたトレーナーを着続けるってことになるんです。避難所にいたら、子供たちから「猫のおばさん」とからかわれるに決まってますよ。口の悪い男の子なら「猫ババア」と呼ぶんじゃないでしょうか。えっ、娘の若葉《わかば》ですか？　あの子がこんなの着るわけないでしょう。きっと「死んでも嫌だ」って言いますよ。今どきの若い娘はね、ごくごくシンプルな物しか身につけないんですから。

ゴミ袋がいっぱいになったので、袋の口を縛った。

そして、すぐにまた新しいゴミ袋を出して空気を入れて広げる。

自分には、十五号の洋服を着る知り合いはいない。だから、センスがどうのこうのという以前に、サイズが大きすぎて躊躇なく捨てられる。隣家の沙奈江はかなり太ってはいたけれど、まだ若いから、こういうのは好みじゃないと思う。

もったいないという気持ちが湧き起こらないとは、なんとありがたいことだろう。

太っていてくれて、お義母さん、ありがとうございます。そして、捨てるには惜しいと思う高級ブランドの洋服を一枚も買わないでいてくれて、感謝します。これね、決して皮肉じゃないですよ。罪悪感なく処分できるのは嬉しいことなんです。だってお義母さん、もったいないと思う回数とストレスが比例しているように思うんですよ。

考える余地なく、どんどんゴミ袋に放り込んでいくだけだから、タンスの中はあっという間に空っぽになった。

そして最後にタンスの正面に粗大ゴミシールを貼りつけると、気分もすっきりして、一気に達成感が胸に広がった。

だがまだ二棹ある。

そのあと、家から持参したお気に入りの紅茶で休憩を取った。カップを持ったまま窓辺に近づき、何の気なしに窓ガラス越しにベランダに目をやったときのことだ。

えっ？

大きな石がなくなっている。ブロックや煉瓦も。

植木鉢が全部重ねられていた。どうして？　誰が？

中身も空っぽだった。干からびた花や茎はどうしたの？

乾ききった土はどこへ消えたの？

絶対に錯覚ではない。

慌ててポケットからスマホを取り出し、前回来たときの写真と見比べてみた。

やはり、間違いなかった。

誰かがここに出入りしている？

だけど、玄関ドアが壊された形跡もないし、窓ガラスも割れていない。

ということは、誰かが合鍵を持っているのか。プロの鍵師ならば、玄関の鍵など簡単に開けられるだろう。プロの空き巣狙いならば、四階でもベランダ側から入ろうと思えば入れるかもしれない。なんせ一箇所鍵が壊れているし。

だけど、盗まれて困る物は何もない。だいいち、植木鉢の土や枯木を欲しがる人がいるわけがない。どう考えても、親切で捨てておいてくれたとしか思えない。

でも、どうして？　何のために？

見当もつかなかったが、恐怖心は消えつつあった。

誰がそんなことをするのかは何度考えてもわからなかったし、気味が悪いことには違いなかったが、少なくとも凶器を持った強盗犯ではなさそうだ。こちらに対して悪意もなさそうに思えた。

釈然としないまま、その日も帰り際に部屋の様子を次々に写真に収めた。押入れも天袋も冷蔵庫、冷凍室、野菜室、そしてベランダも、スマホで撮りまくった。

もうこれ以上どこにも触らないでおこう。次回来たときに、どこか変わったところはないかを確かめなければならない。

床に散らばった物を蹴散らさないよう、慎重に足を運びながら玄関に向かった。

停留所でバスを待つ間に考えた。

これまでの数々のことは、どう考えても錯覚ではない。エアコンや炬燵が直前まで使われていたとしか思えないほどの温かさだったこと、腐りかけの野菜が消えていたこと、鉢植えの枯れた植物や土や石が消えていて、ご親切にも植木鉢が重ねられていたこと。

夫に話しておくべきだろうか。夫は明るくふるまってはいるが、ふとした瞬間に寂しそうな顔をするときがある。母親が急に亡くなったショックから立ち直れないでいるのではないか。一人っ子だから、親の思い出を語り合う兄弟姉妹もいない。そんなときに、母親の住み処に他人が忍び込んでいると知ったら、更に悲しい思いをするに違いない。

さっさと通り抜けてしまおうと、急ぎ足で公園に足を踏み入れた。

辺りが薄暗くなりつつあるのに、ブランコの前で買い物帰りの若い母親たちがベビーカーを止めておしゃべりに興じていた。人の気配というのは、こうも安心感を与えてくれるものらしい。姑の部屋では、人のいた気配があんなにも恐ろしかったというのに。

母親たちの脇をすり抜けようとするときだった。

「やあねえ、こんな所に石を捨てた人がいるわ」と聞こえてきた。

「土も捨てたんじゃないかしら。ほら、ここちょっとだけ盛り上がっている」

思わず、歩を緩めて、母親が指差すところを盗み見た。

「子供が躓いたら危ないじゃないの、ねえ」

と言いながら、靴の踵《かかと》で土を均《なら》している。

もしかして、その石や土は姑のベランダにあった物ではないだろうか。誰かがわざわざここに捨てにきたのか。いったい何のために？

奇妙なことが次々に起こる。だけど貴重品が盗まれたわけではない。そもそも貴重品は、姑の入院中に夫が持ち帰っている。

まさか、誰かが私を助けようとしてくれているの？

誰かって誰よ。そんなこと、あり得ないでしょう。

頭が混乱してきた。疲れた頭でこれ以上考えるのはよそう。家を丸ごと片づけるというのは、たとえ3Kであっても、これほどまでに疲弊する。もう今日は、これ以上は頭が働かない。

たまにはぼうっと海でも眺めていたい。

家に帰り着くと、すぐに夕飯作りに取りかかった。

疲れているときほど急いで調理してしまわないと、あとで疲れが倍増する。

今朝出がけに酒と味醂と生姜醬油につけておいた豚肉を炒めたあと、旨みの滲《にじ》み出たフライパンで椎茸と冷蔵庫にあった残り野菜を炒めて塩胡椒し、溶かしバターをほんの少し絡めて醬油を数滴垂らして終わり。あっという間だった。

夫は今日も遅かった。テレビを相手に一人で夕飯を済ませる。そのあと洗濯物を畳み、入浴を済ませてから、ソファに座って丹念に歯磨きをしていると、夫が帰ってきた。惣菜をレンジで温め、ご飯をよそっている間に、夫はスウェットに着替えた。

「また玄関前にいたぞ。青《あお》ちゃんが」

夫はそう言うと、冷蔵庫から缶ビールを取り出した。

青ちゃんというのは隣家の男の子だ。小学校低学年くらいで、両親ともに帰りが遅いらしく、夜遅くまで玄関を出たり入ったりして親の帰りを待っている。ここは分譲マンションだが、賃貸に出す世帯があちこちにあり、隣家もその一つだ。青ちゃん一家は、去年の秋に引越してきたのだが、挨拶に来ないので家族構成さえ知らないままだ。その男の子は青いトレーナーを着ていることが多いことから、夫が青ちゃんと呼び始めた。

「青ちゃんは夕飯は食べたのかしら」

「そりゃあ何か食べただろ。もう十時だぜ。だけど、こんな夜遅くまであんな小さい子を一人にして、いったい親は何考えてんだろう」

「かわいそうだわね」

「おいおい、関わり合うなよ。どうせロクでもない親に決まってんだから。父親がヤクザもんだったらどうするんだよ」

「それはないわよ」

「なんで望登子にわかるんだよ」

「だって夫婦ともに毎朝決まった時刻に出勤してるもの。二人ともスーツ姿だし。きっと残業が多くて帰りが遅いだけよ」

「ふうん。だけど人は見かけによらないっていうからな。それに、子供を遅い時間まで一人にしておく神経が俺には理解できないよ。やっぱり変な親なんだよ」

「今は共働きの時代なのよ。母親に時短勤務の配慮があるのは、子供が小さいときだけでしょう。小学校に行くようになったら、そうもいかないのよ、きっと」

「あ、そういえば俺の会社の女性社員もそうかも……」

夫婦揃って朝は八時には家を出ることを思うと、一日の労働時間が長すぎる。うちの夫も例外ではない。日本はいつまで残業大国なのだろう。

もう三十年以上も前のことになるが、結婚したばかりの頃は、そのうち日本人も目が覚めて、きっと定時帰宅の世の中になると期待していたのに、なんと逆だったとは。ここにきて、更にひどくなったように思う。

青ちゃんのことは、いつも気にかかっていた。幼かった頃の息子と横顔が似ているのだ。だが、他人の家のことに首を突っ込むわけにもいかないから、見て見ぬ振りをするしかない。ジュエリー・ミユキで仕事をしているときや、スーパーで買い物中にも、ふと青ちゃんの無表情な顔を思い出すことがある。その度に暗い気持ちになってしまう。

夫はうまそうにビールを飲みながら、ゆっくり食事を楽しんでいる。望登子はお茶を淹れて、夫の向かいに腰掛けた。

「お義母さんの団地のことなんだけどね、おかしなことが次々に起こるのよ」

炬燵の温かさや、冷蔵庫内の腐りかけの野菜が消えたこと、植木鉢や石のことなどを、迷いつつも夫に話してみた。

「錯覚だろ」

「違うわよ。本当なんだってば」

「お袋の霊のいたずらかな」

「あなた、霊なんて信じてるわけ？」

「今初めて信じたくなったよ。急死だったからな」

「ちょっと、真面目に聞いてよ。私はね、泥棒じゃないかと思うのよ」

「泥棒ならもっと金目の物を狙うだろ。枯れた観葉植物を盗んでどうするんだよ」

「それを言われたら……」

「望登子の勘違いだろ。それよりさ、人形ケースの写真、ありがとな」

昼間撮った写真を、夫のスマホに送っておいたのだった。

「なんだか懐かしくなっちゃってさ、仕事中なのに、しみじみ見入っちゃったよ」

「どれか取っておきたい物、あった？」

夫は椎茸に舌鼓《したつづみ》を打ちながら、目だけギョロリと動かしてこちらを見た。

「どれかって言われてもなあ」

「特にないわよね？　あんなの取っておいても仕方ないもんね。全部捨てていいよね」

「それ本気で言ってる？　捨てたりしちゃダメだよ」

夫はグラスをテーブルに置くと、眉根を寄せてこちらを見た。

「そうなの？　で、どれを取っておきたいの？」

「どれって、だから全部だってば」

「まさかケースごと、とか？」

「まさかってなんだよ、まさかって言い方、おかしいだろ」

「だって、あなた、まさかケースごと家に運び入れるってこと？」

また「まさか」と言ってしまったのを誤魔化すために、咄嗟に「あなた、お醬油かけすぎよ。ちゃんと味がついてるんだから」と脅すように大きめの声で言ってみた。

「あ、かけすぎた。で、えっと、そうだよ、だからケースごと全部だよ」

「あの人形ケースを？　全部？」

「そうだよ。当然だろ」

この男は本物の馬鹿なのか。

そもそも、この男は家事に疎《うと》いから、生活というものがどういうものなのか、全然わかっていない。それに比べ、自分は三十数年に及ぶ主婦生活で多くを学んできた。掃除の大変さは物の多さと比例する。そして、もうひとつ。姑の家の遺品整理を始めてから、物の多さと集中力が反比例することも学んだ。

ああ失敗した。

夫に黙ってこっそり捨てるべきだった。夫は人形ケースがあることは知っていただろうが、どんな物が入っているかまでは憶《おぼ》えていなかったに違いない。

とはいえ、夫に黙って勝手に捨てるのも気が引ける。元を正せば、自分は堀内家の人間ではない。いま目の前で豚肉を頬張っている男とは血のつながらない他人なのだ。そんな自分が堀内家の物を勝手に捨てちゃっていいのか。

とはいうものの……やっぱり腹が立つ。捨てたら二度と手に入らない物というならわかるが、赤べこや起き上がり小法師やでんでん太鼓なんて、今でも土産物屋で普通に売ってるんじゃないの？

アレコレ考えた末に、夫に言った。

「わかったわ。全部うちに運びましょう。でも、あなたの部屋に置くのよ」

子供が二人とも家にいた頃は、この3LDK+納戸のマンションは手狭だった。息子が結婚を機に家を出ると、夫婦それぞれに自分の部屋を持つことができた。今では夫は六畳の和室に、自分は変形七畳の洋間で寝起きしている。去年就職したばかりの娘の部屋はそのままにしてある。娘は入社してすぐにドイツのミュンヘン支社に勤務となったので、部屋に荷物を置いたままだ。

「俺の部屋は無理だよ。物がいっぱいだもん。置く場所がないよ」

「ほら、やっぱり。だったら思い出深い物だけをチョイスすればいいんじゃないの?」

そう言うと、夫は箸を置き、スマホの写真を人差し指と親指で広げたり縮めたりしながら熱心に見だした。そして、ふっと顔を上げたかと思うと、「どれも甲乙つけがたいなあ」と上目遣いでこちらを見る。「ひとつひとつに思い出があるんだ。当時のことが目に浮かぶよ。それにさ、こういうのって普通、リビングに飾るんじゃないの?」

そんなの絶対に嫌だ。

ベージュを基調にした洒落たリビングに、貝殻で作った蛙や松ぼっくりの狸なんて死んでも置きたくない。恥ずかしくて友人も呼べなくなる。

望登子は、ふうっと息を吐いた。ここは少し落ち着かねば。

「少なくとも人形ケースそのものは要らないよね」

「そうだろうか」

「だって大地震が起こったらどうする？　ガラスは危ないんだよ」

「飛散防止フィルムを貼ればいいさ」と、夫の口角が得意げに上がる。

調子のいいことばっかり言っちゃって。じゃあ聞きますけどね、そのなんたらフィルムってヤツを、いつ誰が貼るんですか……という言葉を抹茶入り玄米茶で呑み込む。

我が夫は、いつも口先だけで実行に移したことはない。それは三十数年の結婚生活で嫌というほど思い知らされてきた。

「団地の階段を三十回くらい往復して身体ボロボロだから、私もう寝るね」

そう言いおいて、リビングを出た。

三十回は大げさだが、これくらいは言わないと自分がかわいそうな気がした。

自室に入り、ベッドに仰向けになって考えた。たかが人形ケースひとつで、これだけ意見が食い違うとは考えもしなかった。夫に相談せずに、既に色々な物を捨ててしまっている。舅のスーツや姑のハンカチや十五号の洋服など。

自分の感覚では捨てて当然と思う物でも、夫から見れば違うらしい。何かしら作戦を立てねばならない。

次の瞬間、ガバッと起き上がって机に向かい、ノートを広げた。今日あったこと、今日感じたこと、今日の反省点……その日のうちに書いておかないと、最近はすぐに忘れてしまう。

仮に、あの人形ケースごと夫の部屋に置いたとする。だがいつの日か必ず誰かが捨てなければならない。その誰かとは、夫亡きあとの年老いた自分か、それとも中年になった子供らのうちのどちらかか、それとも孫の世代なのか。

いずれにしても、処分を先送りするだけだ。夫が赤べこや貝殻細工の蛙を毎日のように愛《め》でて心が癒されるというなら置いておく価値はある。だが、すぐに忘れられて埃を被《かぶ》るのが関の山だ。

どう考えても、やはり夫より自分の方が正しい。子や孫に迷惑をかけても平気という無神経さは、もしかして親子で遺伝するのか。

ぱたりとノートを閉じた。

ああ、今日は長い一日だった。

動くたびに足腰が痛い。年齢とともに筋肉痛になるのが遅くなったはずだが、今日のようにいきなり激しく体を動かしたときは、その日のうちに痛くなるらしい。

めげるな、自分。

明日も頑張ろう。

ジュエリー・ミユキへ向かう途中、どこからか蠟梅《ろうばい》の香りがした。

もうすぐ春がくる。そう思っただけでウキウキした気分になり、今年は春物のコートを奮発してみようかと明るい気分になった。

店頭に立つが、今日も暇だったので、店長に人形ケースのことを話してみた。

「馬鹿ねえ」

「ですよね。どうせゴミになるってわかってるのに」

「違うわよ。馬鹿なのはあなたよ」

「えっ、私ですか？　なんでです？」

「亭主に正直に話してどうすんのよ。こっそり捨ててしまえばよかったのよ」

「だって、あそこは夫の実家ですし、嫁の私はそもそも他人のわけですから」

「アルバムや日記なら勝手に捨てちゃまずいけど、貝殻で作った蛙なんて必要かしら」

そうはっきり言われてしまえば、どうでもいいことを夫婦で言い争い、腹を立てていた自分が愚かに思えてきた。

「必要ないどころか、ご主人はそんなのがあること自体、忘れてたんでしょう？　だったら、どうして寝た子を起こすような真似をするのよ。あなたって五十を過ぎても純粋なところがあるわよね」

褒めているのか、けなしているのか。

「私の周りの友だちはみんな夫をうまく操縦してるわよ。黙って捨てるのが内助の功というものじゃないのかしら」

「内助の功？　それはちょっと違うかと」

「あら、どうして？　忙しいご主人に貝殻で作った蛙を捨てるかどうかを考えさせるのは時間の浪費よ」

「……なるほど」

自分にとっても、置物を捨てる捨てないで揉めるのは時間の無駄だ。

結婚して三十年になるが、その匙《さじ》加減がいまだにわからない。夫をうまく操縦しようとする考え方に馴染むこともできない。相手が誰であろうが、操縦するなんて失礼ではないか、などと正直な気持ちを口にすれば、店長はきっと「あなたって子供ね」と笑うだろう。

確実に言えるのは、いまや自分にとって夫が最も厄介な他人になりつつあるということだ。夫はこちらが一生懸命説明しても聞く耳を持とうとしない。自分の主張を決して曲げない。大学の同級生だったのに、妻は夫に従うべきだという古い考えがちらほらと窺えて嫌になることもある。自分たちでさえこうなのだから、目の前にいる六十代の店長は、もっと屈辱的な思いをして生きてきたのだろうか。

――今日の教訓。夫に安易に写真を見せたり相談したりしないこと。

そうノートに書いておこう。

これは断じて操縦なんかではないのだと、自分に言い聞かせた。

6

夫の後ろ姿が左右に揺れている。

肩で息をしているらしい。

「もしかして、もう息切れしてるの?」

そう問うと、夫は踊り場で振り返り、苦笑してみせた。「俺もかなり運動不足だな。それにしても、お袋は立派なもんだ。エレベーターのない団地で暮らしてたんだから」

日曜日は朝から夫と二人で片づけに訪れていた。

四階に着くと、夫はさっさと鍵を開けて中へ入っていく。

「なんだよ、全然片づいてないじゃないか。これじゃあ、お袋が生きてた頃よりぐちゃぐちゃだぜ」

非難がましい目でこちらを見たので、頭にきた。

「なに言ってるのよ。タンスや押入れの中を片づけようとしたら、一旦は床に物が溢《あふ》れるに決まってるじゃないの。私だってパートの合間を縫って頑張ってるのに、そんな言い方するなんて信じられない」

「え？　あっ、そういうことね。ごめんごめん」と、あっさり引き下がったので、ついつい大きな声を出してしまった自分が恥ずかしくなる。

「それにしても物が多いなあ」

「でしょう？　片づけるのは本当に大変なのよ」と穏やかな声で言ってみた。

「昔のお袋はきれい好きだったよ。子供の頃は、物を散らかしているとよく叱られたもんだ。片づけるまでは、おやつはお預けだって言われたりしてさ」

「だから収納上手だったのね。きれい好きな人にありがちだわ。押入れもタンスも食器棚も本棚も、引き出しという引き出しは全部ぴっちり物が収められてたもの。あ、ちょっと待って。まだ何も触らないで」

「どうしてだよ」

「前回ここに来たときの写真と比較したいのよ」と、バッグからスマホを取り出した。

「まだ不審者を疑っているのか。狙われるような金目の物なんて何もないだろ」と夫は呆れている。

「どこか変わったところがないかを確認したいの。床の物を蹴散らさないでってば」

「蹴らないで歩けるかよ」

そう言いながらも、望登子がどの部屋もひとつひとつ見て回ると、そのあとを夫は神妙な顔をしてついてくる。

夫がいてくれるだけで安心だった。いつもなら玄関ドアを大きく開け放ち、どの部屋も窓を全開にするから、暖房をつけていても寒くてたまらない。だが今日は玄関ドアも閉めたし、窓も閉めたままだ。寒い思いをしないで済むし、心強い。

姑の霊でさえも、一人息子が来てくれたことに満足したのか、今日は天井付近から睨んではいない気がした。

どの部屋も慎重に写真と比べながら見て回ったが、変わったところは見つからなかった。すべてが一ミリも動いていないように見える。

「うわっ、これは親父の……」と夫は驚いたように言い、押入れの中にあった段ボール箱からアルバムのような物を引っ張り出している。そこは望登子がまだ詳しく見ていなかった押入れだ。

夫の背中側に回り込んで、手許《てもと》を覗き込んでみた。

「あら、きれいね」

色とりどりの切手が整然と並べられていた。切手蒐集《しゅうしゅう》専用のアルバムらしい。

「親父が趣味で集めてたんだよ。こんなの持っていても仕方ないから、望登子が郵便切手として使ってくれていいよ」

「そう？　ありがとう……」

最近は滅多に手紙やハガキを出すことがなくなったが、たまには書いてみるのもいいかもしれない。郵便局では書き損じた年賀状なんかを別の物と交換してくれるから、これらも何かと交換してくれるだろう。

「全部使っちゃっていいからね」

夫が指差した先には、切手アルバムが十冊以上もあった。

「もう一回、よく見せて」と手にとって確認してみると、かなり古い時代の物らしく、五円だとか十五円など少額の切手シートが何枚もある。どうやって使えばいいのだろう。あとでネットで調べてみよう。

「これは捨てられないなあ」と夫が次に取り出したのは、焦げたような茶色に変色している夥しい数の封筒だった。きっちり束ねられていて、段ボール箱いっぱいに詰め込まれている。

「すげえなあ。親父が青森から上京したての初任給から四十年分が取ってある」

封筒から取り出した給与明細の紙は長年の湿気を吸い込んでヨレヨレになっていて、丁寧に扱わないと破れてしまいそうだった。

「全部捨てることはないわよ。思い出に少しは取っておいてもいいんだから」

本当は全部捨ててほしかったが、夫の気持ちを汲み取って言ったつもりだった。

「少しって？」と振り返った夫の眉間《みけん》に、なぜか皺《しわ》が寄っている。

「例えば初任給と退職直前の明細なんかは取っておいてもいいんじゃない？　貨幣価値

の違いがわかって面白いかもよ。子供たちに見せてやっても勉強になるわね」

夫が返事をしない。

「なんならスマホで写真に収めておくだけでもいいけど」

我ながらいいアイデアだと思ったが、夫の表情はますます険《けわ》しくなった。

「あのさあ、親父は一生懸命働いて俺やお袋を養ってくれたんだよ。青森から単身出てきて、そりゃあ苦労したと思うよ」

「ええ、それは……そうでしょうね」

何が言いたいのだろう。

「だから捨てられないよ」

「ええ、だから少し取っておけばいいんじゃない？」

「一枚たりとも捨てられないよ」

「え？　まさか全部取っておくってこと？」

「もちろんさ」

「それって、段ボール箱ごと全部？」

「そうだよ」

「そんなに大きな段ボール箱なのに？」

だったら何だよ、と夫が言葉を呑み込んだのがわかった。

「わかったわ。だったら、あなたの部屋に置いてね」

「えっ、これも俺の部屋？」

「そうよ。そういう古くて湿った紙なんかが近くにあると私がアレルギーを起こすの、知ってるでしょう？　きっとあちこち痒《かゆ》くなって、咳《せき》が止まらなくなるわ」

「わかったよ。じゃあ俺の部屋に置くよ」

夫は渋々といった感じでそう言うと、丁寧に元の状態に戻して段ボール箱の蓋を閉じた。

このことを、ジュエリー・ミユキの店長に話せばきっと呆れ返るだろう。

――どうしてご主人を連れていったりしたのよ。

だって店長、ここは夫の実家なんですよ。それに、市役所の粗大ゴミ係の人が家具を引き取りにくるまでに、片づけなきゃならないんです。私一人では間に合いそうになかったんです。

夫は仁王《におう》立ちして部屋を見回すと、おもむろに洋服ダンスを開けた。

「えっ、空っぽ？　ここには何が入ってたんだ？」

「お義父さんの背広よ。ぎっしり入ってたわよ」

「それ、どうしたんだ？」

「どうしたって……捨てたに決まってるじゃない」

「なんで?」

「なんでって……あんなの取っておいてどうするのよ」

夫の目が険しくなった。

「お義父さんは小柄だったから誰もサイズが合わないでしょう。それに型も古かったわ。今どきスーツを着て会社に行く人なんて営業職くらいでしょう。最近は大企業でもデスクワークの人はラフな格好みたいだし」

「だけどさ、いくらなんでも全部捨てることはないんじゃないか?」

「だったらどうすれば良かったの? あなたの部屋に運ぶの?」

「俺は要らないけど……でも、欲しい人がいるかもしれないじゃないか」

「例えば誰よ」

「そんなの俺にはわからないよ。だけど、ネットオークションに出してみるぐらいのことをしてもよかったんじゃないか?」

「誰がオークションに出すの? それだって手間がかかるのよ。仮に買いたい人が見つかったとしても、丁寧に梱包《こんぽう》して宅配便で送らなきゃならないわ。そんなことといちいちやってられないわよ。幸運にも値がついたとしても、きっと数百円よ。送料の方が高くつくわ」

「そうだとしても、捨てるなんて……」

「ゴミとして捨てたわけじゃないわよ。市の古布回収に出したのよ」と思わず嘘をついていた。

「市はそれをどうするんだ？　誰かに売るのか？」

「まさか、ウェスにするだけでしょ」

「ウェスって何だ？」

資源回収に協力的な人間なら誰でも知っている言葉だが、夫は知らないらしい。いちいち説明してやるのも面倒だったが仕方がない。

「ウェスというのはね、工場なんかで機械類の油や汚れを拭き取るときに使うものよ」

「そうなのか、そんなのに使われるなんてもったいない気もするけど、まっ、それならそれで仕方ないか」

なんだか腹が立つ。何もしないくせに文句ばかり。

「お義母さんの服もたくさんあるんだけど、古布回収に出していいよね？」

タンス一棹分だけは全部中身を捨てたのだが、まだ他にも二棹あるし、プラスチックの衣装ケースのほとんどが女物の衣類だった。

もちろん古布回収に出していいよ、と夫が即答してくれるものと思っていたのに甘かった。

「どれどれ、どんな物があるんだっけ？」と言いながら、夫はポールハンガーにぎっしり詰まっている洋服を確認し始めた。そして、クリーニング屋のタグがついたままのコートを手に取った。

「このコート、望登子が着られるんじゃないか？」

「着ないわよ」

「どうして？　もったいないじゃないか」

「お義母さんは十五号なのよ。私には大きすぎるわよ」

「お直しってやつに出せばいいだろ」

「お直しはすごく高くつくのよ」それに……二十万円したコートを一万円かけて直すというのならまだわかるが、一万円前後と見えるコートで、しかも好みでもない物にお金をかける気にはなれない。それこそ、お金がもったいない。

「だったら、こっちのマフラーはどうだ？」と今度はタンスの引き出しを物色し始めた。

「マフラーなら大きさなんて関係ないだろ」

燕脂《えんじ》と青のボーダー柄で、隅っこにサンタクロースの刺繍がある。

「要らないよ。趣味が合わないわ」

「だったら、若葉は？」と娘の名を出す。

娘は見事なほど物を買わない。その代わり買うときは高くても気に入った物を買う。

そんなことを誰に教わったのか、母親の自分が見習わねばと思うほど、スマートなお金の使い方をする。

「今どきの若い人がそんなの使うわけないじゃないの」

「そうかなあ、意外とわかんないもんだぞ。一回聞いてみればいいじゃないか」

「だったら、あなたが写メ撮ってメールで聞いてみてよ」

「……めんどくさいよ」

「はあ？」と、これ見よがしに思いきり顔を顰《しか》めてやった。

「それよりあなた、アルバムのことなんだけど、どうする？」と、わざと矛先《ほこさき》を変えた。

「どうするって？」

「五十冊以上もあるけど、ほらこれ」

一冊を手に取り、夫に手渡した。

いきなり渡されたこともあり、夫は少しよろめいた。狙い通りだった。これで重さを実感できたのではないか。昔のアルバムは、どれもベリベリとビニールを剝がすタイプの物で、ひどく重いのだ。

「びっくりするほど重いでしょう？」

「びっくりってこともないけど」と夫が言う。なんだか嫌な予感がしてきた。

まさか……。

だからすぐに提案した。「思い出の写真だけを抜粋したらどうかな？」

「そうは言っても、たぶんこれは……」と夫は言いながら、一ページ目のビニールを剝がした。「ほら、やっぱり思った通りだよ。写真が台紙にくっついちゃって剝がしたら写真が破れてしまうよ」

「あら、ほんとだ。残念ね」

だったら捨てるしかないよね？

「この方式のアルバムは昭和四十年代から五十年代の物ね。他は差し込み式の軽いアルバムに入ってる。靴の箱にバラで入っているのも十箱ほどあるけどね。なんだったら、このアルバムの写真は主要な物だけスマホで写しておいたらどうかしら」

そう言いながら、自分たちのマンションにあるアルバムも取捨選択しようと考えた。スキャンしてDVDに収めるようにした方がいいのではないか。

「とにかくさ、ごちゃごちゃ考えるのは面倒だから、このままうちに運ぼう」

「えっ、これ全部を？」

「そりゃそうだよ。それにさ、写真を捨てるなんて考えられないだろ、普通」

次の瞬間、夫を説得することを諦めた。この人は何もわかっていない。普段から掃除も片づけもしない人間に何を言っても無駄だ。こうなったら何もかもマンションに運び入れ、夫の部屋に置けばいい。間違いなく足の踏み場もなくなる。そのときになって初めて事の重大さがわかるだろう。

「ところでさ」と、思わず溜め息交じりになる。「薬がたくさんあるんだけど、これはさすがに捨ててもいいわよね？」

「何の薬だ？」

夫は処方箋と書かれた白い紙袋の中を確かめ始めた。「降圧剤とビタミン剤と胃腸薬と何かの漢方薬。それにしてもすごい量だなあ。こんなに処方されても飲みきれないだろ。年寄りは医者の金儲けのいいカモだよなあ。湿布薬と塗り薬も腐るほどあるぞ。頭にくるなあ。さっさと捨てちゃおう」

「そうね、捨てましょう」

初めて夫と意見が合った。夫の気が変わらないうちにと、すぐにゴミ袋に入れる。一番大きな袋に二袋にもなった。

「ほかにも薬があるのよ。これはケースごと捨てちゃってもいいよね」

プラスチックの二段の引き出し式のケースがあり、中にぎっしりと薬が詰まっている。そのケースが二つもある。

「それって、もしかして置き薬じゃないか？」

「置き薬っていうと、富山の薬売りとかいう昔のアレ？　今どき、そんなのあるの？」

「いつだったか、お袋が言ってたことがあるんだ。薬を売りに来た男が見るからに貧乏そうでね。冬なのにコートも着ていなかったとかって」

コートは単に車に置いてきただけじゃないかと思ったが、言わないでおいた。

「聞けば、病気の母親の面倒を見ているとかで、お袋はかわいそうになって薬を置かせてあげることにしたって」

身の上話をして同情を引く。そんな古いやり方に騙されるとは人が好すぎる。

それとも、そう思う自分が疑い深くて意地の悪い人間なのか。

「使った分だけお金を払う方式なんでしょう？　中身は全然減ってないみたいだけど」

夫はケースの中に入っていた明細をじっくり見ている。「このケース以外に栄養ドリンクもあるらしい。そう言えば、お袋が言ってたよ。薬を全く飲まないのもかわいそうだから栄養ドリンクだけは毎日飲んであげてるって」

夫が手渡してきた明細を見ると、三ダースの栄養ドリンクの記載がある。

「電話して解約しなきゃならないわね」

夫がすぐにその場で電話を入れてくれた。少し夫を見直した。躊躇なく素早く行動するのは、長年のサラリーマン生活の習性だろうか。

薬品会社が引き取りにきてくれるというので、望登子の都合のいい日を伝えた。

夫はひと仕事終えたとばかりに両手を上げて伸びをすると、押入れの奥の方に目をやった。

「これはどうする？」

夫が押入れから不織布に包まれた牛革のハンドバッグを出してきた。

「古くて革が硬くなってるわね。捨てるしかないわ」

「なんで捨てるんだよ。望登子が使えばいいじゃないか」

「私は要らないわよ。こんな仰々しい形のバッグは、子供たちの入学式や卒業式でしか使わないもの」

「若葉にも聞いてみたのか？」

「聞かなくてもわかるわよ。要らないに決まってるじゃない」

「どうしてそう勝手に決めつけるんだよ」

まるで大切な母親を汚されたとでも言いたげな勢いだった。

「あのね、あなたのお母さんは七十八歳だったのよ。若葉はまだ二十代なの。二十代の女の子が七十代のおばあさんと趣味が同じなわけがないでしょう？」

「お袋が若いときに買った物かもしれないじゃないか」

「ああ、そうかもしれないわね。だって革が硬くなってしまって使いにくそうだもの。そんなの若葉が使うと思う？」

「だったら、梨々香《りりか》さんはどうなんだ？」

夫は、息子の嫁のことは、いつもさん付けで呼ぶ。

「本気で言ってる？　あんな大金持ちのおうちのお嬢さんが、お古を使うと思う？」

「聞くだけ聞いてみてもいいじゃないか」

「わかったわ」

あとで若葉にメールして、口裏合わせを頼んでおこう。梨々香にはわざわざ言う必要はない。夫との接点はほとんどないからバレないだろう。

——若葉にも梨々香さんにも要るかどうか尋ねてみたの。でも二人とも要らないって言うから、仕方なく処分したのよ。

そう言えばいい。このハンドバッグだけでなく、あれもこれも若葉と梨々香に一旦は尋ねてみたことにすればいいのだ。そうだ、そうしよう。

「私、もう疲れちゃったわ。あとの整理はあなたに任せていいかな?」

「冗談だろ。俺には無理だよ。ともかくさ、バッグは捨てないで望登子がパーティーで使えばいいよ」

しつこい。まだバッグのことを言うとは。

「パーリー? 今パーリーっておっしゃいましたか?」

そう尋ねると、夫はムッとした顔をした。

「あのさ、私の地味な生活に、いったいいつパーティーの予定があるわけ?」

「それは……知らないけど」

だったら、口出ししないでよと言いたいのをぐっと抑える。

「だったら、こうしてよ。捨ててもいいのはどれかをきちんと教えてちょうだい」

「ああ、わかった」

夫があちこち部屋を見て回っている間に、自分はひと息入れよう。そうしないと苛々が頂点に達しそうだ。

キッチンで紅茶を飲んでいると、しばらくして夫が顔を覗かせた。

「いろいろ見てみたんだけどさ、何もかも懐かしくて捨てられる物はなかったよ」

「お義母さんが亡くなったのが急なことだったものね。無理もないわ」

熱い紅茶が心を解《ほぐ》したらしく、優しい気持ちになっていた。

だが、そうは言いながらも夥しい不要品が目の前に転がっている。その現実はどうなるのだ。

「この分じゃあ、永遠に片づかないかもね」

決して皮肉で言ったのではなかった。素直な感想だったのだが、夫の顔が申し訳なさそうに歪んだ。

「小学校時代の教科書や成績表やテストや図画工作で作った物はどうするつもり？」

「ああいうのも大切な思い出だからなあ」

「正弘も若葉も、小学校時代の教科書なんて全部捨てちゃったわよ」

「えっ、本当か？」

「取っておきたい気持ちはわからないでもないわ。でもね、田舎のだだっ広い家か、都心なら地下室のあるような豪邸にでも住んでいない限り、何もかも取っておくのは無理なのよ。そもそも、あなたが小学校時代の教科書や版画を見たのは四十年ぶりじゃない？　次はいつ見るの？」

「そういう言い方するなよ」

「結局さ、あなたが心置きなく捨ててもいいと思えるのは家具だけってことなのね」

「えっ、家具を捨てるつもりなのか？　俺が物心ついたときからあるんだぜ。タンスについた傷やウルトラマンのシールを貼った跡も懐かしいのに」

「あっ、そう。だったら捨てないで私たちのマンションに運ぶってこと？　で、どの部屋に置くつもり？」

「それは……」

「じゃあこうしましょう。ここはあなたの実家だから、あなたが好きなように考えればいいわ。私はね、ここには欲しい物は何もない。家賃を払い続けることがもったいないから、パートを休んでまで頑張ってるの。ここの家賃がうちの家計を圧迫してるのよ」

「うん、それは、わかってはいるんだけど」

「わかってるんなら、何とかしてよ」

「アルバムとか親父の給与明細とかは全部俺の部屋に運ぶよ。その他のお袋の持ち物なんかは、若葉や梨々香さんに聞いてみて、要らないって言うなら……」

「そのときは処分していいのね」

「捨てる」という言葉を使うのは今後はやめようと決めた。「処分」という言葉はリサイクルやオークションやバザーや寄付を連想させる。そういったうやむやな言葉の方が、どうやら夫の心を傷つけないで済みそうだ。

夫は、妻に勝手に捨てられるのを恐れるかのように、自宅マンションへ運ぶ物を次々に荷造りしていった。

家ではいつものんびりしているように見える夫でさえ、ここでは休憩を取ろうとしなかった。片づけの不思議な魔力に取り憑かれるのは女だけではないらしい。

夫は奥の部屋で、自分はキッチンでと、互いに黙々と作業を続けていると、あっという間に時間が経ってしまった。

「あら、やだ。もうお昼過ぎてる」

そう言いながら、奥の部屋へ行ってみると、夫は段ボールや雑誌を束ねる作業に精を出していた。

「サンドイッチ食べようよ。コーヒー淹れるから」

部屋の入り口から声をかけると、夫はチラリと目を向けた。

「それよりさ、資源回収は何曜日なんだっけ?」

「水曜日よ。前日の夕方以降なら出せるらしいけど」

「だったら今度の火曜日、俺が会社帰りにここに寄ってゴミ置き場まで運ぶよ」

「ここは逆方向じゃないの」

「そんなこと言ってられないだろ。少しでも早くここを引き払った方がいいよ。家賃のこともあるし」

「うん、それはそうだけどね」

夫を少し見直した。

やるときは、きちんとやってくれるらしい。

今夜は久しぶりにステーキ肉を買って帰ろうと決めた。もちろん輸入牛肉の安いやつ。

7

パートからの帰りの電車の中、冬美からメールが届いた。

――ダンナが昨日から出張なの。うちで夕飯食べない？　簡単な物を作るわ。

――ありがとう。行きます。おしゃべり楽しみ。

最寄りの駅で降りると、駅ナカでロースカツを夫の夕飯用に一枚だけ買った。

家に帰ると、すぐに夫の夕飯準備に取り掛かった。ロースカツを切り、ついでに買ってきたキャベツの千切りも皿に載せてラップをする。夫は汁物がないとダメな人だから、ほうれん草を溶き卵で絡めた澄まし汁を手早く作った。

ラフな格好に着替えて、冬美のマンションへ向かった。途中に適当な店がないので、家にあった伊予柑《いよかん》を手土産に持っていくことにした。

「いらっしゃい。急に呼び出すような形になってごめんね。ダンナさんの夕飯は大丈夫？」

「うん、パパッと用意してきたよ」

ダイニングテーブルの上にはホットプレートが用意されていた。周りに置かれた皿には焼きそばの材料が揃っている。

「焼きそばだね。嬉しいなあ。久しぶりだわ」

「簡単なもので悪いんだけど」

「とんでもないよ。なんだか楽しい」

冬美は透明なガラス製の急須に入ったジャスミン茶をマグカップに注ぎながら、「実はね」と深刻そうな顔で切り出した。「施設に入っている母を、ここに引き取ろうかと思うのよ」

「えっ？」

驚いて冬美を見た。

「だけど、冬美さんは……」

母親を恨んでいたのではなかったか。冬美の生《お》いたちについては、今まで何度も聞かされてきた。

冬美は物心ついたときから英才教育を施され、友だちと遊ぶ時間もないほどスケジュールびっしりの毎日だったという。そして、高校受験に失敗した頃から母親の態度は更に厳しくなった。第二志望の高校へ入学すると、放課後と土日は予備校に通うよう言われたので部活動もできなかった。だが、どれほど頑張っても母親が望む有名大学の偏差値には遠く及ばなかった。それがわかった途端、母親は冬美を軽蔑の目で見るようになり、いきなり突き放したと聞いている。

「引き取ったりして大丈夫なの？」と、失礼なことと知りながら尋ねてみた。

「なんとかなるんじゃないかと思ってる」

「そう、すごいわね」

「だってあの人、昔から協調性がまるでなくて、集団生活なんてもともと無理なのよ。他の入所者にも職員にもことごとく嫌われて、精神的に追い詰められてるみたいなの。そうなると、放ってはおけないでしょう？」

あれほど憎んでいたのに、なんという優しさだろう。

知らない間にマジマジと冬美を見つめてしまっていた。

「やだ。そんなに見ないでよ」と、冬美は照れたように笑った。「それだけじゃないのよ。実家を早く売り抜けた方がいいと考えたの。近い将来、老朽化したら、維持費を支えきれるかなと心配になってね」

この前帰省したときに会った三千絵も同じようなことを言っていたっけ。過疎化する地域にある実家の処分に頭を痛めている人が最近は多いらしい。

「ダンナさんはどう言ってるの？」

「同居してもいいって言ってくれてる」

「いいダンナさんね」

「まあね。でも、母の面倒は私が全部見るんだろうけど」

母親は、冬美の結婚に大反対したと聞いている。冬美が自分の思い通りのエリートに育たなかったから、今度は結婚相手でセレブの仲間入りをさせようと躍起になっていた。次々に見合い話を持ってきては、しつこく結婚を迫ったが、冬美は大学の同級生である今の夫を結婚相手として選んだ。母親は、冬美の夫を一流大卒でない、一流企業でないと非難し、それでも結婚するというのなら勘当だと言ったらしい。

それなのに、そんな母親を自宅に引き取りたいと冬美は言う。

「お母さん、きっと感謝してるだろうね」

「まさか。こんな狭いマンションに住まわせる気かって悪態ついてたわよ」

「えっ？　それでも冬美さんはここに引き取るの？」

「だって親子だもの。それに自分も子供を育ててみて、少しは当時の母の気持ちがわかるようになったし」

「へえ」

以前、冬美は逆のことを言っていたはずだ。子供ができる以前は、母には母の考えがあったのだろうと、少しは母の気持ちを汲むこともあったが、子供ができてからは母を軽蔑するようになったと。

自分の子育てを通じて、子供は伸び伸び育ててやるのが最も大切なことだとしみじみと感じた。だから、母の教育方針を更に憎むようになったと言っていたはず。

「父が三年前に死んだでしょう。あれから思ったんだけど、親っていうのは、死んで初めてどんな人間だったかがわかるね」

そう言いながら、冬美は温まったホットプレートの上に薄く胡麻油を引いた。

「そのことは私も時々考えることがあるよ」

望登子は両手でマグカップを包み込むようにして、ジャスミン茶の香りを楽しんだ。

「人間ていうのは、歳を取ってみないとわからないことが意外なほどたくさんあるね」

冬美が豚肉とベーコンを入れると、ジュッと音がした。

「親とはありがたいものだけど罪なものね」と望登子は言った。

「そうよ。私の人生に多大な影響を及ぼしたわ。本当に迷惑な存在よ」

冬美はそうは言うが、母親を許そうと懸命に努力しているようにも見えた。対峙《たいじ》して心を清算しないと、苦しいままなのかもしれない。

「親になるって、実はすごく難しいことだと思うようになったの」

冬美はそう言いながら、ホットプレートの上で菜箸を忙しく動かす。

「それは、どういう意味で？」

母親を許すきっかけが何かあったのだろうか。

「親になるというのは誰にとっても初めての経験でしょう。だから、うまくやれる方が奇跡だと思わない？」

「そういえば、そうかも」

「子供たちに、もっとこうしてやればよかった、ああしてやれていればばって思うことがいっぱいあるもの」

「うん、それは私にもたくさんあるよ」

冬美はキャベツとモヤシをどっさり載せ、その上に更に人参とピーマンの千切りを載せた。

「そうだわ。望登子さん、私ね、あなたに謝らなきゃならないことがある」

そう言って、冬美は苦笑した。

「何のこと？」

「遺品整理業者に頼んだ方が手っ取り早くていいって、私は何度も望登子さんに勧めたでしょう？　今さら言うのもナンだけど、あれは間違いだったと思う」

「どうして？」

「最近になって、実家にはどういった物があったのかな、あの頃の母は何を考えていたのかなって、知りたくなるときがあるのよ。あの家の中に小さなヒントがたくさんあったんじゃないかって」

「そんなの、お母さんに直接尋ねてみればいいじゃない」

そう冬美に返しながら、母親がまだ生きている人が無性に羨ましくなった。自分はもう何も知ることができない。実家の離れにあるあの部屋からも、何の返答も得られなかった。

「そうもいかないの。母は何も語りたがらないのよ。八十歳を過ぎた今でも頭はしっかりしているとはいうものの、歳だから記憶が曖昧《あいまい》なところもある。それに、あんまり思い出したくないみたいなの。つまり、母にとっても苦しかった時期なのかもしれない。最近の母は、自分自身が子供だった頃の話ばかりするのよ」

「冬美さんが羨ましいよ。私は母との思い出が少ないの。こんなこと言ったら、親の介護で疲れ果てている人は怒るだろうけど、私はもう少し最後の時間が欲しかった。母が癌になって臥《ふ》せっているときは、うちの夫が広島に単身赴任中で、子供たちも次々に受験を控えていて私自身も大変な時期でね」

「そうだったわね。あの頃の望登子さんは、いつ会っても疲れた顔してたもの」

冬美は立ち上がり、「ちょっとだけ温めるね」と焼きそばの麺を電子レンジに入れた。

数十秒で取り出すと、ビニール袋の上から麺を揉むように解しながらホットプレートに入れていく。既に野菜はしんなりし、あれほど大量だったのに嵩《かさ》がぐっと減っていた。

「親子って何だろうね」と冬美は溜め息交じりに続けた。「一緒に過ごした時間がとっても短いよね」

「そうね。高校を卒業してすぐに故郷を出たから、長い人生の中のたった十八年間」

「十八年といっても物心ついてからとなると、もっと短いわよ」と冬美が言う。

「それに私は中学高校時代は学校や部活で忙しくて、自分のことだけで精一杯で、親の方なんか見てなかったもんね」

「普通はそうだろうね。私の場合は、母の監視が厳しくてがんじがらめだった。でも、だからといって、いつも母と一緒だったかというとそうでもないの。だって、私はいつだって空想の世界に逃避していたから。あっ、胡椒を多めに入れても大丈夫？」

「うん、たくさん入れて」

「望登子さんの片づけは、まだかかりそうなの？」

「当分かかりそう。でも何とかして二ヶ月以内には片づけたいと思ってるの」

綿密に計画を立てた結果ではなく、希望的観測とでもいうものだった。

あまり長引くと、体力的なことだけでなく、精神的にも頑張りが利かなくなる予感がする。姑が住んでいた場所が、自分たち夫婦のマンションから歩いてすぐというのならいいが、電車で一時間半もかかるのだ。

最初は天井付近に姑の霊が漂っているような気がしたが、今はそれもなくなった。

「パートの方は大丈夫なの？」

「うん、なんとか。パート仲間は持ちつ持たれつでやってるから」

子供が熱を出して保育園に預けられなくなった若いママさんや、年老いた父親が転んで骨折し、病院通いに付き添わなければならなくなった同年代の女性など、急遽シフトを交代してあげたことは今まで数えきれない。それぞれに家庭の事情を抱えながら働いているので、できる限り協力しあって融通を利かせる雰囲気が職場にはある。当然だが、交代してあげた分はパート代も増えるわけで、不満を言う筋合いのものでもない。

今考えてみると、姑の団地に通い始めた当初は遠足気分のようなものがあったと思う。なるべく快適に作業を進めるために美味しい紅茶を持参しようと考えたりしていた。だが、姑の部屋を片づけに行くたび、実家の母と自分との希薄な関係にも想いを馳せるようになった。北陸で過ごした子供時代を思い出すことも多くなったし、自身の子育ての反省点を突きつけられている気になって、いきなり落ち込むこともある。

そんな様々な感情が入り乱れ、呼吸が乱れることもしばしばだった。

早く引き上げてしまいたい衝動にかられることが増えてきていた。叫び出しそうになる日もある。

姑が暮らした部屋は、まるで魔界のようだ。一旦迷い込んだら最後、自分の来《こ》し方《かた》ばかりを振り返ってしまう。もっと、もっと、あーあ、もっとああしていれば……と際限なく後悔がつきまとってくる。

――私のことは大丈夫だから気にしなくていいのよ。望登子は家事と子育てで忙しいんだから、自分の家族のことに集中しなさい。

元気な頃でも、電話をかけるたびに母はそう言った。だが、夫がもっと家事に協力してくれていれば、実家にもちょくちょく顔を出せたのではないだろうか。それに、姑がこんなに早く亡くなるのなら、月に一度は食事に誘い、孫たちにも頻繁に会えるよう配慮すればよかった。

延々と繰り返す後悔地獄から、なかなか抜け出せなかった。

物の多さに混乱するだけならまだいいが、悲しみが渦巻いて、一瞬たりとも穏やかな気持ちになれない。あの団地に長居していたら、精神的に追い詰められてしまう。

一刻も早く片づけを終えなければ。

「片づけが終わったら、どこか行こうよ」と、冬美は明るい声を出した。

「うん、そうね。ニューヨークじゃなくて、はとバスだったよね」

そう応えると、目を見合わせて互いに噴き出した。

声を出して笑ったのは久しぶりだった。

「さっき望登子さん、二ヶ月で片づけたいって言ったよね」

「うん、一応はそのつもり」

「私にできることがあったら遠慮なく言ってね」

「ありがとう」

「いつかニューヨークには行きたいね。一ヶ月間アパートメントを借りて」

冬美は明るく言うが、母親を引き取ったら、ますますその夢からは遠ざかるだろう。

こちらの気持ちを敏感に悟ったのか、冬美は茶目っ気のある顔つきをして言った。

「きっと行こうね。そのときは、母の面倒は兄夫婦か夫に押しつけるから。ショートステイやデイサービスを毎日利用したっていいんだし。それに、私たちだっていつまで元気でいられるかわからないもの。なるべく早く実現したいわ」

「そうね。遺品整理なんかに何ヶ月も関わっている場合じゃないよね」

最初から業者に任せてしまう人もいる。中には、現地に一度も足を運ばない人もいると聞いたことがある。そういう人たちは、自分の過去や親との関係に向き合わずに済むのだろうか。自分もそうしていれば、傷つくことも後悔することもなく、精神的に楽だったのかもしれない。

だけど、自分の心の整理のためには必要なことだったという気もしている。

二ヶ月後に全てを片づけ、団地の管理事務所に鍵を返そう。そうすれば、あの部屋には二度と立ち入りができなくなり、本当にさよならだ。

そしたら、前を向いて暮らしていける気がした。

8

壁の時計を見た。

団地に到着してから、十個以上もある折り畳み傘を袋にまとめたり、電池などを一箇所に片づけたりしただけで既に三十分が経ってしまった。

時間の使い方が下手なのだろうか。遅々として進まない。

市が粗大ゴミのタンス三点を、部屋まで引き取りにきてくれる日が迫っている。数日前に一人でここに来たときは、タンスの中身を古布回収に出したり捨てたりして空っぽにしただけで力尽きた。

望登子は腕組みをして、部屋を見回した。

堆《うずたか》く積まれた何年分にも及ぶ新聞紙の山を見ただけで、胃の辺りが重くなる。

それでも半分以上は片づいたのだった。夫が会社の帰りに立ち寄って、資源回収に出してくれたからだ。

――ごめん。全部出してしまうつもりだったんだけど、途中でぶっ倒れそうになった。明日は早朝から大事な会議が入っているし。

そう言った夫の顔には疲労が滲んでいた。一気に老けたように見えた。

その後、夫はひどい筋肉痛になっただけでなく、いまだに疲れが抜けないようだ。

夫は頑張ってくれたが、玄関からタンスまでの動線はいまだ確保できていない。最後の手段として、動線上に置かれている全ての邪魔物を隣の居間に運んでしまうこともできる。

そうだ、そうしよう。

そのやり方であれば、たぶん今日一日で動線は確保できるだろう。

だがそんなことをしても、ゴミを別の部屋へ移動させただけで一歩も前進はしていない。虚しい作業だと思うと、うんざりした気持ちが倍増した。

次の資源回収日は来週だ。残りの雑誌や段ボールをさっさとゴミ置き場に出してしまいたかったが、そうもいかない。さっき隣家の沙奈江に確認したところ、金属や家具類なら何日も前から出しておいてもいいが、紙類や古着は雨に濡《ぬ》れる恐れがあるから、できれば当日の朝が望ましいと自治会からのお達しがあるという。

天気予報によると、この先しばらくは晴れが続く。だったら紙類も今日出してしまってもかまわないのではないか。だが予報が当たらないことも多い。少量の紙類ならいいが、これほど大量となると、濡れて重くなったら迷惑をかけることになる。仮に全部出してしまってから、「一旦部屋に持ち帰ってください」などと注意されたら最悪だ。

冬美は遺品整理業者に任せたことを後悔していると言った。だが、もしもう一度やり直せたなら、冬美は最後まで自力で片づけることができただろうか。

答えはたぶん……否ではないのか。

だったら業者に頼んだらどうだろう。夫も疲弊しているし、予想外に安いってこともある。ためしに見積もりしてもらおうか。だって、退去日が延びれば、その分家賃を払い続けなければならない。パートの日数を減らしていることを加味すると、このまま自力で片づける方が本当に得策なのか、それとも業者に頼む方がいいのかを検討してみる余地はありそうだ。いつだったか、大岩と名乗る女性がここに訪ねてきたことがあった。あのときに確か業者の電話番号を書いた紙を置いていったはずだ。

メモを探しだして、早速電話してみることにした。

――見積もりをお願いしたいんですが。

――わかりました。それでは一時間後に伺います。

雑誌を束ねて紐でくくっていると、あっという間に一時間が経ち、男性二人がやってきた。一人は六十歳前後、もう一人は二十代だろうか。ガッチリした体型と濃い眉が似ているから親子かもしれない。

「お部屋を拝見させていただきます」

靴を脱いで上がると、メモを片手に二人で部屋を見て回った。

五分くらいすると、年配の方が簡単な見積書を書いて寄越した。「ざっとこんなもんでしょう。家電四品目は料金には含んでおりません」

手渡された三枚複写の紙の合計欄を見ると、九十六万円と書かれていた。

「えっ、こんなにかかるんですか？」

「家具がたくさんありますからね。中でもタンスが高いんです。大きさにもよりますけど、だいたい一棹二万八千円ですから」

「えっ、そんなに？」

思わず大きな声を出していて、知らない間に不信感を露わにしてしまっていたらしい。

「奥さん、言っときますけどね、うちはぼったくり業者じゃありませんよ。これはね、相場ですよ相場。ここはエレベーターもないんだし、最近は人手不足だから人件費だって高騰してるんだよね。それに、うちだって結局は市の処分場へ持っていくわけだから、そこでかなり取られるんですよ」

そう言われればそうかもしれない。エレベーターのない建物だと、一階上がるごとに料金が増すのは今や常識だ。市の粗大ゴミに出した場合、千二百円分のシールを貼らねばならないが、それすら高いと感じていたのは大きな間違いだったらしい。市がやっている回収は破格の安価なのだ。差額は住民の税金で補われているということでもある。

「ここは、奥さんのご実家ですか？」と年配の男性が尋ねた。

どうしてそんなことを聞くのだろう。

「いえ、ここは主人の実家ですけど」

「なんだ、そうなの」

なんだとはなんだ。どういう意味だ。

見ると、男性二人は顔を見合わせて微笑んでいる。

「だったら一気に片づけてしまえばいいじゃないですか。ご自分の実家ならひとつひとつ思い出深いんでしょうけど、ご主人のなら別にかまわないでしょう」

「だって、主人にとっての思い出の品がたくさんありますから」

「男っていうのはね、そんなこまごましたことに拘《こだわ》ったりしませんよ」

年配の方が、ガハハと豪快に笑う。

うちの夫は、あなたのようなタイプではない。良くも悪くも繊細なところがあるのだ。

そう言いたかった。

「せっかく来てもらったのに申し訳ないんですが、少し考えてみます」

「そうですかあ。ほかと比べると、うちはうんと安い方なんですけどねえ。まっ、別の会社でも見積もりを取ってみてくださいよ。そしたら、うちがどんだけ良心的かわかりますから」

安さには自信があるらしい。

「もしまたお電話くださるなら早めがいいです。三月になると引越しシーズンで混み合いますからね」

そう言って帰っていった。

ほかの業者と比べたら安いというのは本当かもしれないが、それでもとてもじゃないが、物を捨てるためだけに百万円近くも払う気になれなかった。こうなってみると、市の粗大ゴミに出せることが、どれほどありがたいことかと身に沁みる。

つべこべ言ってないで、とにもかくにも新聞紙を束ねて縛ろう。

隙間なく上手に縛る技を持っていないので、緩い紐の隙間から新聞が滑り落ちそうになる。だから一旦縛った後で、隙間に新たに新聞紙をねじ込んでキツキツにする。段ボールもその方法で束ねることにした。

お義母さん、なんでもっとこまめに捨てておいてくれなかったんですか。

何度言ってみたところで仕方がない。コツコツやるしかないのだ。

あっという間に片づいてしまう何かうまい方法はないか、きっとあるはずだ、と頭を巡らしてみるが、ひとつもいい方法を考えつかない。

何に対しても合理的にやろうと意気込んでしまう。それは自分の長所かもしれないが、そううまくはいかないことが世の中にはたくさんあるものだ。子育てにしてもそうだった。赤ん坊や幼児が自分の思い通りになったためしはない。ひとつずつ臨機応変に対処していくしかない。

だからこそ余計に腹が立つんですよ、お義母さん。

だって、この物の多さは、日頃から気をつけていれば避けられたことなんですよ。仕方がないの一言で片づけられたら、遺された者はたまったもんじゃありません。そしてね、日頃からこまめに捨てる習慣だけが、物を溜めない唯一の道なんです。お義母さん、あなたはね、他人の時間を奪ってるんですよ。私だってもう若くないんですからね。知らない間に五十歳になったと思ったら、もうはや五十半ばですよ。残り少ない人生の持ち時間をね、新聞を束ねてゴミ置き場まで往復するなんていうつまらないことに使いたくないんです。足腰は痛くなるし、翌日にも疲れが残るんですよ。それどころか、本調子に戻るのに一週間くらいかかっちゃうんです。それにね、資源回収日は週に一回しかないんですよ。ここに通うのに一時間半もかかってるんです。

「ああ、もう嫌だっ」

大声を出して新聞の束を平手で思いきり叩いたとき、玄関のチャイムが鳴った。

誰だろう。

今の大声を聞かれてしまったかもしれない。

玄関に行くと、七十歳前後と見える女性が一人立っていた。

「どちら様でしょうか」

「こんにちは。私ね、自治会の副会長をしております丹野《たんの》と申します。あなたは堀内さんのお嫁さんだよね？　ああ、やっぱりね」

小柄で痩せているが、いかにもすばしっこそうな、少年のようなおばあさんだった。

「初めまして。嫁の望登子と申します」

「あら、初めましてだなんて。私のことご存じないんですか？　偶然通りかかって救急車を呼んだの、私なんですよ」

「そうだったんですか。それは失礼しました。その節は本当にお世話になりました」

「あなたには病院でお会いしてますよ。私も救急車に乗って行ったんですからね。もちろん葬儀にも伺いましたし」

「それはありがとうございます。気づかなくて申し訳ありません」

「いいんですよ。きっと急なことで、あなたも気が動転してらっしゃったんでしょう」

そうではない。どれもこれも似たようなバアサンばかりで覚えられないのだ。みんな同じように、すごく小柄で髪型も似たようなショートカットだし、昔の日本人によくある扁平《へんぺい》な顔立ちだし、葬儀ともなれば服装までみんな黒ずくめなのだから見分けられるはずがない。

「何かお手伝いできることがないかと思って来てみたのよ」

年寄りに、いったい何が手伝えるというのだろう。

時間がもったいないので早く帰ってほしかった。

「ありがとうございます。お気持ちだけありがたくちょうだいしておきます」

暗に帰ってほしいと促したつもりだったのに、丹野と名乗る女性は首を伸ばして奥の部屋まで覗き見ようとしている。そういえば、この前来た大岩と名乗った女性も、ガチャガチャとノブを回した。きっと普段から姑は鍵はかけていなかったのだろう。まるで昔の田舎の暮らしのようだ。

「あらら、奥の部屋、大変なことになってる。段ボールと新聞で埋もれてるじゃない」

「ええ、まあ」

「一人で片づけるの、大変でしょう?」

「それはそうなんですが……でも、今頑張っているところでして」

「私に任せてちょうだい」

見ると、さも自信ありげに目をキラキラさせている。

「市の資源回収以外にも、自治会の回収が月に一回あるのよ」

「それは知ってます。一階の掲示板に貼ってあるのを見ましたから」

市の収集とは違い、一階の階段下に置いておけばいいらしい。それを利用すれば、ゴミ置き場まで運ばなくて済む分、段違いに楽ではある。しかし、放火対策のために前日から出すのは禁じられていて、当日の朝しか出せない。それも八時までだ。ということは、前日からここに泊まるか、かなり早朝に自宅マンションを出なければならない。夏ならまだしも、冬はまだ夜が明けていない時間帯だ。

そのことを短く説明すると、丹野は軽快に言った。「大丈夫。集会所の倉庫で預かってあげるわ」

「それは……ありがたいんですが、ゴミ置き場より集会所の方が更に遠いですよね？」

普段の暮らしでは、広大な敷地は清々《すがすが》しくて羨ましいほどだが、こういうときは恨めしくなる。

「階段下に運んでちょうだい。あとは自治会のメンバーがリヤカーで集会所まで運ぶわ」

「本当ですか？　でも、びっくりするほどたくさんあるんです」

「多い方が私たちも嬉しいのよ。だって資源回収で得たお金を自治会の活動に使わせてもらうんだもの」

「それなら本当に助かります。実は途方に暮れていたところなんです」

「でしょうねえ。色んな物がたくさんありそうだものねえ。よかったら相談に乗るわよ。多喜さんも自治会に入っていてね、私たちみんなお世話になってきたんだもの。じゃあちょっとお邪魔します」

驚いたことに、丹野は靴を脱いで勝手に廊下に上がった。

唖然《あぜん》としていると、「どれくらい資源ゴミがあるのかチェックさせてもらうわね」とずんずん奥の部屋へ入っていく。

もしかして、変な人なのでは？

本当に副会長なのか。

「こりゃ大変だわ。一階に下ろすのも、あなた一人じゃ無理だね。私が手伝ってあげる」

そう言うと、さっき束ねた新聞紙を両手にひとつずつ軽々と持ち上げて、素早い動作で玄関に突進していった。森に迷い込んだときに、目の前をサッと小動物が横切る童話の場面を思い出した。呆然としていると、タッタッタと階段を下りる足音が聞こえてきた。

どうしたものかと宙を見つめていたら、はや階段を駆け上がってくる足音がして、丹野が玄関に姿を見せた。驚いたことに息が上がっていない。平気な顔をしていて、目が合うとにっこり笑う。自分より年上だとは、とても思えなかった。自分なら束ねた新聞紙を両手に持ったら走ろうとも思わない。転ばないよう気をつけながら、階段をそろりそろりと下りるだろう。

彼女にだけやらせるわけにいかないので、自分も両手に束を提げ、階段下まで運んだ。丹野より遅いスピードでは申し訳ないと思い、ついつい無理をしてしまう。

完全に息が上がった。

丹野は何往復しようとも、目が合うと微笑む。とてもじゃないが自分には笑う余裕なんかなかった。

いったい何往復しただろうか。

束ねた新聞紙や段ボールをすべて運び終えたあとは、まだ束ねていなかった雑誌や段ボールを二人で紐で結わえた。丹野は荷造り仕事の経験でもあるのか、確実にきっちりと紐をかけていく。見事な手さばきだった。自分が役立たずに思えてくる。

物が溢れるこの部屋も、自分でなく丹野が片づけをすれば、あっという間に終わるのではないか。これまでの経験から、自分は何をやっても要領が良くて手早い方だと思ってきた。だがそれは、同世代間での比較ではなかったか。上の世代には自分など足もとにも及ばない達人がゴロゴロしていそうだ。

「お饅頭の箱を利用するのも考えものですよね」

「そうね。これだけ多いとね」と丹野も同意してくれた。

素敵な箱を捨てるのは惜しいという気持ちはわかる。だから何かに利用しようとする。しかし、それが何十個もあると話は別だ。取っておきたいと思うような箱は、たいがい厚紙で固くてしっかりしている。潰すのもひと苦労だ。さすがの丹野も体重をかけて足で潰している。

紙類は実に多かった。これらを片づけるのでさえ何日もかかるだろうと絶望的な気持ちになっていたのだが、信じられないことに二時間で部屋からきれいさっぱり消えてなくなった。

なんということだろう。

丹野は魔法使いみたいだ。

すべてを階段下に運び終えると、丹野はポケットから携帯電話を取り出した。

「もしもし、大木《おおき》さん？　私ね丹野ですけどね、四階の窓が開いてると思ったらね、やっぱり、お嫁さんが片づけにいらしてたのよ。うん、そう、堀内多喜さんとこのお嫁さんよ。悪いんだけど、階段下までリヤカーを持ってきてくれる？　片づけを手伝ってあげようと思ってさ。そうよ、今すぐよ。どうせ暇なんでしょう？　お願いね」

早々に電話を切ると、すぐにもう一箇所に電話をし、同じ内容を繰り返した。

五分もしないうちに、道路側から「来たよ」と声がかかった。窓から下を見おろすと、七十代と思われる男性二人がこちらを見上げていた。

丹野に続いて望登子も一階に下りた。

「あなたが堀内さんのお嫁さん？」

初対面なのに親しみの籠もった目を向けてくる。

「義母がお世話になりました」

「いやいや、こちらこそ、ほんとよくしてもらったんだよ」

「情け深い人だったからね」

「多喜さんがこの団地に住み始めてから、自治会の雰囲気が変わったよな」

「そうそう、とってもいい人だった」

男性二人は、口々に言いながら、リヤカーに次々に紙類を載せていく。

「それにしても、いっぱい溜め込んだもんだなあ」と言いながらも、集会所の倉庫まで三往復してくれた。

人手が多いと、こんなに早く片づいてしまうものなのか。あまりの速さに嬉しさが込み上げてきた。

「他に困っていることはない？」

丹野は、こちらが見下ろしてしまうほど小柄なうえに痩せているが、腕組みをしてこちらを見上げる姿が頼もしかった。

「粗大ゴミのことなんですが、一回に三点しか出せないので困ってるんです」

「市役所に事情を話せば何点でも出させてくれるんじゃない？」

「えっ、そうなんですか？」

「そうじゃなきゃおかしいでしょう。早く引越さないと家賃がかかるんだもの。市役所の人だって血の通った人間でしょう？　話せばわかってくれるはずよ」

考えてもみなかった。役所の人間が臨機応変に対応してくれるというイメージが、これまでの経験から自分にはなかった。

「わかりました。電話して聞いてみます」

「じゃあ、今日のところはこれで帰るわ。またいつでも声をかけてね。私の携帯番号を教えとくから、これからも困ったことがあったら連絡してちょうだい」

携帯の番号を交換してから、望登子は深々と頭を下げた。

「本当にありがとうございました。助かりました」

「いいのよ。あのジーサンたちだって、たまには身体を動かした方がいいんだもの。じゃあ、またね」

丹野の小さな背中を見送った。

「あっ、そうだ。丹野さん」と慌てて声をかけた。「ひとつお聞きしたいことがあるんです」と言いながら追いかけた。

「なあに？」と振り向いて、丹野が近づいてくる。

「うちの義母がウサギを飼っていたこと、ご存じですか？」

そんなの見たことも聞いたこともないわ。きっとそう言うはずと、丹野の口許を期待を込めてじっと見つめた。それなのに……。

「ああ、あの太った茶色いウサちゃんね。多喜さんが芝生《しばふ》のところで散歩させてるのを何度か見かけたわ。運動させて痩せさせるんだとか言って」

「ええっ、そんなあ」と言ったあと、その場に頽《くずお》れそうになった。

「どうしたの？　大丈夫？」

絶望的な気持ちになった。

やっぱりあの巨大なウサギを自宅マンションに引き取らねばならないのか。

実家の母は、晩年になって猫を飼いたがった。だが、猫より自分が先に死んだら迷惑をかけるからと我慢していた。その代わりにと母は、猫のカレンダーを部屋に飾り、毎日愛おしそうに眺めていたものだ。

ああ、やっぱり母は自制心の塊だった。

お義母さん、あなたとは段違いですよ。

顔を上げると、丹野が心配そうにこちらを覗き込んでいた。

「うちのマンションにウサギを引き取らなきゃならないなんて……」

「引き取る？　どうして？　あのウサギは多喜さんのじゃないって聞いてるわよ」

「えっ、本当ですか。だったら誰のウサギなんですか？」

「お隣から預かってるって話だったけど」

「えっ、お隣のウサギなんですか？」

猛然と腹が立ってきた。生活が大変そうだからと同情していたのに。

そういうタチの悪い嘘は許せない。

丹野が帰っていってからも、腹立ちは収まらなかった。

だが、そんなことよりも先に市役所に電話しなくては。

「もしもし、粗大ゴミのことで、お聞きしたいことがあるんですが」

――はい、どうぞ。

今日の担当者の声は、明るくて優しそうな響きがある。

「一回に三点しか出せないということですが、主人の母親が亡くなって部屋を片づけに来ておりまして」

――なるほど。それでしたら……。

言ってみてよかった。丹野の言う通りだ。役所の人は常に四角四面で決して規則を曲げないと思っていたのに、言えばわかってくれるらしい。

――お引越しなさる最後の週だけ六点まで出せますよ。

「そのことならホームページに書いてあるので知ってます。そうではなくて、粗大ゴミが全部で八十点ほどあるもんですから、いつまで経っても片づかないんです。一日も早く引越さないと家賃がかかって困っているんです」

こういうときは、さも貧乏であるかのように言う方が効果的だろう。

——そう言われましても、規則は曲げられません。

言葉が冷たく耳の中でこだまする。丹野の、話せばわかる、などというのは、やはりあり得ないことらしい。

——なんでしたら業者に依頼されたらいかがでしょうか。

「業者に頼むと、粗大ゴミだけでも百万円近くかかると言われたんです」

——そんなにかかるんですか？　でも、昨今は業者に頼む人が多いようですが。

「なんとかなりませんでしょうか？　百万円なんて、とてもじゃないけど、うちの家計では払えないんです」

実家の母がこの会話を聞いたら、みっともない真似はおよしなさいと叱るだろう。

お母さん、私は家計を守るために図々しくなったんです。ええ、厚顔無恥になりましたよ。生涯に亘って、お金に苦労したことのないお母さんには、わからないでしょうけどね。でも私はね、強くなった自分を褒めてやりたいと思いますよ。

そう思う一方、姑だったら自分以上に粘るだろうとも思う。相手が根負けするまで言い募るのではないか。

「何とかならないでしょうか」

――でしたら、ご近所の方に声をかけられたらどうですか？

「声をかける？　それは、どういう意味ですか？」

そう尋ねると、電話の向こうは沈黙した。

まさかとは思うが……「ご近所の方の名義を借りるということでしょうか？」

聞こえているだろうに、何も応えない。

「もしもし？」

――そういう方もいるという例をお話ししたまでです。

役所で働く立場では、遠回しにアドバイスをすることしかできないということなのか。

「それでは近所の方の名義を借りることにします。ありがとうございました」

向こうが何か言う前に電話を切った。これで市役所のお墨付きを得たも同然だ。

すぐに丹野に電話をして事情を話した。

――いいわよ。私たちの名義を使ってちょうだい。

丹野は気軽に引き受けてくれた。そして自治会の役員の住所と電話番号を五人分教えてくれた。これで、他人の名を騙って粗大ゴミの申し込みができる。つまり自分を含め六人分だから一度に十八点、一ヶ月が四週とすると七十二点の粗大ゴミが出せる計算になる。

他人の協力を得られるとは考えてもいなかった。それも、今日初めて会った赤の他人なのだ。昭和世代の自分でも、いつの間にか世知辛い世の中に慣れてしまっていた。他人同士が助け合うとか、こちらから助けを求めるという考えが頭からすっぽりと抜け落ちていた。自分ひとりでは手に負えない場合は、お金を払って専門業者に依頼する。それ以外に方法はないと頭から決めつけていた。

それなのに、ご近所の人々に助けられるとは、なんという幸運だろう。

昨日までは、近所づき合いの鬱陶《うっとう》しさやプライバシーの侵害ともいえる田舎のつき合い方を苦手に思っていた。隣に誰が住んでいるかわからない都会のマンションライフが性に合っていた。でも、ここは東京でありながら温かい人づき合いが残っている。資源回収で得たお金を自治会の活動費に充てるとはいえ、たいした額にはならないだろう。この先も長いつき合いがあるというのならまだしも、自分はゴミ処分のためにここに通っているだけで、それが終わったらもうここに来ることもない。それどころか、名義を借りて粗大ゴミを出そうとしている嫁が、非常識なゴミの出し方をするかもしれない。そんなリスクも顧みず、名義を貸してくれた。

家から持参したお気に入りの紅茶でミルクティーを作り、ゆっくりと味わった。幸運の余韻に浸りながら飲む熱い紅茶は、いつにも増して味わい深い。

あれ？　そんなことより……何か重要なことを忘れてはいないか？

遺品整理を始めてから、忘れっぽくなった気がする。考えなければならないことが多すぎて、脳ミソの許容量を超えているのだ。

あっ、そうだった。ベランダの発泡スチロールの箱だ。隣家との仕切り板の横に二個ずつ積まれている。左隣だけでなく右隣も同様だ。根菜類が入っているのではないかと思うと開けるのが怖かった。日当たりがいいから腐っているのではないか。虫が湧いていたらと思うとゾッとする。次の土日はパートが入っているから、夫が一人で片づけに来る予定になっている。だったら、夫に片づけるよう申し送りをしておけばいい。だって少しは夫にも片づけの苦労を知ってもらいたい。

違う。もっと別の件だ。頭にきたことがあったはず。

ああそうだった、ウサギだ。

冗談じゃない。隣家のウサギだったなんて。この際、はっきりさせておかなきゃ。

そう思い立つと、紅茶を飲み干してから、隣の玄関の前に立ってチャイムを押した。

「はあい」

中から声が聞こえてきた。

玄関ドアが開くまでの数秒の間に怒りが沸々と湧き出てくる。

「ウサギのことなんだけど」

挨拶もせず、いきなり本題を切り出した。

するとと何を思ったか、沙奈江は満面の笑みになった。「引き取ってもらえるんですね。今すぐ？」

「は？」

「いい加減にしてよ。本当はあなたのウサギなんでしょう？」

鳩が豆鉄砲を食らうとは、こういうことを言うのか。

ぽかんとした顔でこちらを見ている。演技とは思えなかった。無防備な子供のような表情をしている。

「あれ？　違うの？　あなたがペットショップか何かで買ってきたんでしょう？」

「違います。私のじゃありません。前にも言ったように、温泉旅行の間しばらく預かってと多喜さんに言われたんです。本当です」

「ふうん」

「疑ってるんですか？　だったら、ここでちょっと待っててください」

沙奈江は奥へ引っ込んだと思ったら、すぐに小さな白い紙を持って出てきた。

「このメモを見てください。多喜さんから預かったんです」

――ウサギの飼い方。

――朝にすること。朝食、お水の交換。

――夜にすること。夕食、運動、トイレ掃除、ケージ掃除、ブラッシング。

この四角い小学生のような文字は確かに姑の字だ。姑はなぜか小さい字が書けない人だった。一文字一文字がすごく大きくて筆圧が強い。それに、沙奈江が嘘をついているようにも思えない。そもそも嘘が上手な女なら、フミという痩せた女に舐められたりしないだろう。

やはり、ウサギは姑のものだったか。

認めざるを……得なかった。

「ごめんね。疑ったりして」

そう言いながら、だったら丹野の言葉は何だったんだろうと思う。隣家から預かっていると姑から聞いたと彼女は言った。丹野がわざわざ嘘を言う必要はないはずだが。

「沙奈江さん、ほんとにごめんなさいね」

「いえ、いいんですよ。片づけが終わるまで、うちでお預かりしておきますから」

そう言って、微笑んでくれた。何ていい人なんだろう。でも沙奈江さん、あなた少し人に優しすぎるんじゃないの？　私だったら、今すぐウサギを突き返すわよ。さっき「引き取ってもらえるんですね」と言ったときの嬉しそうな顔といったら。やっと家からウサギがいなくなるという解放感みたいなものが見えたよ。

「沙奈江さん、いま時間ある？　ちょっとうちに来てもらえない？　大変失礼なんだけど、もし何か欲しい物があったら、持ってってもらいたいのよ」

「それは是非、見せてください」

そう言うと、沙奈江はぶ厚いカーディガンに袖を通しながら玄関を出てきた。

「お邪魔します」と言いながら入ってくる。

「どの部屋も遠慮なく見て回ってちょうだい」

「ありがとうございます」

沙奈江は玄関を入ってすぐ右手にある四畳半を覗いた。

「あのベッドが欲しいです」

部屋の隅に立てかけられた折り畳み式のベッドを指差している。

「ほんと？　貰ってもらえる？　助かるわ」

これで粗大ゴミが一点減った。

「前からこのベッドが欲しかったんです」

前から？　このベッドを？　どういう意味だろう。このベッドを見たことがあるのだろうか。

「ここに遊びにきたことがあるの？」

「いえ……そういうわけでもないんですが」

しどろもどろになり、目を逸らしたのが気になる。

「それでね、使いかけの調味料なんかもあるんだけど」と、失礼すぎるかと思い言い淀んだ。

「ください。欲しいです。使いかけでも全然かまいませんから」

「よかった。だったら段ボール箱にまとめておくから、あとで持って帰ってくれる?」

「はい、ありがとうございます」

「炬燵はどう? 要らない?」

「要らないです。エアコンで十分ですから」

「だよね」

自分は炬燵のある家で育ったから、炬燵は大好きなのだが、あればあったで炬燵で寝てしまったりして生活がダラダラする。掃除するときも、炬燵板と蒲団をいちいち取らなきゃならないから面倒だ。

「だったら、食器は?」

沙奈江の食器棚には食器がぎっしり詰まっているのを知っているが、念のために聞いてみた。

「うーん、たぶん要らないと思いますけど。でも、一応は見せてください」

「それとね、ウォーキングシューズもたくさんあるんだけど」と言いながら、下駄箱を開いて見せた。

「いい靴ばかりですね。サイズもぴったり。今まで千円前後の靴しか買ったことがないんですよ。有名なスポーツメーカーのロゴが入ってる靴なんて、すごいです」

「もらってくれる？　嬉しい」と、すかさずスーパーのレジ袋を差し出した。「何足でも持っていってくれていいからね。なんなら全部でも」

「そんなに置いておくところもないから三足いただきます。ありがとうございます」

「それとね、洋服はどうかしら。義母とあなたとでは年齢が違いすぎるけど、サイズは合うんじゃないかと思うの。無理にとは言わないけど、見るだけでも……」

そう言いかけたとき、ドアの外で人の声がした。

「あ」と、沙奈江が壁の時計を見上げている。「すみません、今日友だちが来ることになっていて」

友だちというのはフミのことだろうか。あんな女、放っておけばいいのに。

「そうなの？　残念ね。また今度ゆっくり見にきてくれる？」

「はい、もちろんです。今から友だちに手伝ってもらってベッドをうちに運ばせてもらっていいですか？」

「うん、もちろん」

「じゃあすぐに友だちを呼んできます」と沙奈江が出て行った。

ひとつでも家具が部屋の中から消えてくれるのが嬉しかった。

すぐに沙奈江が戻ってきた。その後ろに人影が見える。

「コンニチハ、初メマシテ」

彫りの深い浅黒い肌の男性が現れた。

「あ……初めまして。えっと、インドの方？」

そう尋ねると、小柄な男性は「ソーデス」と穏やかな笑みで答えた。

白髪交《しらが》じりのところを見ると、五十歳前後だろうか。

「ベッドをもらえることになったの」

さっきまでの沙奈江とは違い、男に甘える女の顔つきになっていた。

「オ邪魔シテイーデスカ？」とインド人が遠慮がちに尋ねる。

「ええ、どうぞどうぞ、お上がりになって。ベッドがなくなると本当に助かります」

二人で部屋に上がり込み、互いにベッドの両端を持って、壁や柱にぶつからないようゆっくりと運び出していく。

「ありがとうございました」と、沙奈江は満面の笑みだ。

「いえ、こちらこそ、ありがとうね」

仲睦まじい様子の二人を見送った。

いつだったかフミが沙奈江に、男でも来ているのかと尋ねていたことがあったが、あのインド人のことだったのだろうか。沙奈江本人は友だちだと言ったが、どういう関係なのだろう。どこで知り合ったのだろう。平日の昼間だが仕事はしていないのだろうか。

そのあと、LPやCDを段ボール箱に詰める作業に取り掛かった。全て自分の部屋に引き取ると夫は言っていた。母親が好きだった曲を聴けるのが羨ましい。

実家の母が好きな曲は何だったか。思い出せないのは、そういった話をしたことがなかったからだと単純な事実に気づき、寂しい気持ちになった。

しばらくして、玄関のチャイムが鳴った。

ドアスコープを覗くと、沙奈江が微笑んでいる。

ドアを開けると、沙奈江はトレーに載ったカレーライスを目の前に突き出してきた。今まで見たことのない得意げな顔つきだった。

「これね、ラジープが作ったんです。あ、ラジープっていうのは、さっきの彼です。良かったら召し上がってみてください。お昼、まだでしょう?」

戸惑っていると、「遠慮しないで」とトレーを押しつけてくる。

「どうも……ありがとう」

「ご飯はバターライスなんですよ。本格的なカレーって本当に美味しいんです。お皿は洗わなくていいですからね、汚れたまま返してくださいね」

そう言って、にっこり笑うと、「じゃあまた」と帰っていった。

優しい心遣いだということは重々わかっている。片づけ途中の物が散乱した中では、まともに昼も食べられないと心配してくれたのだろう。

だが、どうしても食べる気になれなかった。得体の知れない人間が作ったと思うと、カレーライスが気味の悪い物に思えてくる。こういう気持ちを、差別と呼ぶ人もいるかもしれない。

沙奈江がカレーを持ってきてくれたことで、とっくに昼を過ぎていることに気づいた。持参したインスタントコーヒーに熱湯を注いで無脂肪乳を入れてカフェオレを作り、カレーライスを横目で見ながら、駅で買ってきた中華サラダとビーフサンドイッチを袋から取り出して食べた。

そのあと、カレーライスは新聞紙を広げた上に捨て、何重にも包んでからゴミ袋に捨てた。皿とスプーンをきれいに洗い、「美味しかった、ありがとう」とひとこと添えて沙奈江に返した。

沙奈江は疑う素ぶりもなく、「そうでしょう、美味しかったでしょう」と言ったので胸が痛んだ。

自宅マンションのエレベーターを九階で降りると、エレベーター横の暗がりに青ちゃんがいた。

青ちゃん一家が住んでいるのは、エレベーターに一番近い部屋だ。青ちゃんは玄関ドアから何度も顔を覗かせてはエレベーターのところまで出てきて、親の帰りを今か今かと待っている。それを見るたび切なくなる。家の中でテレビでも見ていればいいのにと思うが、家の中に独りでいるのが不安なのだろうか。

横を通り過ぎるとき、青ちゃんの頬に涙の跡があるのが見えた。

「大丈夫？」と思わず声をかけていた。

青ちゃんは、びっくりしたようにこちらを見上げた。この階の住人は誰も青ちゃんに話しかけないのかもしれないと初めて思った。大きく目を見開いた小さな顔が、都会暮らしの非情さを物語っているように思えて仕方がない。

「お母さんを待ってるの？」と尋ねると、青ちゃんはやっとコクンと頷《うなず》いた。

こちらを見上げる目が助けを求めているようにも思えるが、錯覚だろうか。

「一人で大丈夫なの？」

「……うん」

「何年生？」

「一年生」

保育園なら送り迎えが必要だが、小学校へ上がった途端に鍵っ子になる。

「学童には行ってるの？」

「うん、行ってる」

「学童は何時に終わるの？」

「五時」

「そうか、五時か。お家の中で待ってれば？　ここ寒いでしょう」

青ちゃんは左右に首を振っただけで何も言わずに、俯《うつむ》いてしまった。もう二度と目を合わせたくないとでもいうように、背中を向けて。

「気をつけてね」

言った途端に後悔した。いったい何をどう気をつけろというのか。別れ際に何かひとこと言わねばと思ったら、そんなおざなりな言葉しか出てこなかった。

あんな小さな背中、誘拐しようと思えば簡単だ。力に自信のない自分みたいなオバサンでも、きっとひょいっと持ち上げられる。今まで散々無視してきたのに今さらだが、青ちゃんを放っておいて大丈夫なのだろうかと心配になった。

そのとき、夫の言葉が頭の中に鳴り響いた。

――関わり合うなよ。どうせロクでもない親に決まってんだから。父親がヤクザもんだったらどうするんだよ。

とっぷりと日が暮れているから、お腹が空く時間帯だ。何かおやつはあるのだろうか。

今日も両親は帰りが遅いのだろうか。

うちで何か簡単な物を食べさせてやったらダメかな。

青ちゃんの父親はヤクザ者には見えない。だが、そうはいっても東京には色々な人がいる。人は見かけによらないものだ。関わり合わない方が無難には違いない。

だけど……。

後ろ髪を引かれる思いで、青ちゃんに背を向けた。

9

土曜日は、夫が一人で片づけに行った。

望登子はジュエリー・ミユキへ出勤だ。

夫は休日だが自分は働く。そんな日は、なんとなく気分がいい。夫より偉くなった気がする。

こういう日は夕飯は夫が用意することになっていて、いつだったか友人たちにそのことを話すと、みんな一様に羨ましがった。同級生結婚の長所ねと簡単に結論づけた友人もいた。

夫の作る夕飯が、たとえスーパーの惣菜と簡単な味噌汁であっても一向にかまわない。その日は何といっても朝から気分が楽だ。それに、妻が先に死ぬこともあるのだから、夫は家事に慣れておいた方がいい。

「いらっしゃいませ」

店長のいない日に限って客足が途絶えない。

客が来れば活気が出るし、一日があっという間に過ぎ去ってくれる。そうでない日は、店先にじっと立っているだけだから、時間が過ぎるのがひどく遅く感じられ、却って疲れるのだった。暇だと店長や仲間とおしゃべりする時間がありすぎて、ついつい余計なことまでしゃべってしまい、後になって言わなきゃよかったと悔やむことも多々ある。

だが、今日は充実した一日だった。たくさん売り上げたから、爽快な気分で職場を後にすることができた。

帰りの電車の中でスマホを開くと、メールが何通か届いていた。セールの案内やメルマガなどの中に、夫からのメールが三通もあった。

――びっくりしたよ。ベランダにある発泡スチロールを動かしてみたら、隣との仕切り板に穴が空いてたんだ。それも、人間が通れるくらいの大きな穴。なんか怪しいぞ。隣は生活保護を受けているシングルマザーだったよね。

「えっ」

どういうこと？　穴が空いていたなんて。それも、人が通れるくらいだなんて。

発泡スチロールの中身ばかりを気にしていたから、そんなことは想像もしていなかった。このメールからすると、夫は沙奈江を疑っているらしい。彼女が仕切り板の穴を通り抜けて、自由にこちら側に出入りしていたのではないかと。もしそうであれば、炬燵の温もりには説明がつく。腐りかけの野菜を捨ててくれたのは沙奈江なのだろうか。いったい何のために？　そして、石や植木鉢の中の土や枯れた草木も沙奈江が捨ててくれたのか。

ベッドが欲しいと沙奈江は言った。ベッドがあることを以前から知っていたようだが、それは別におかしなことではない。ウサギを預かってくれるくらいだから、ちょくちょく姑とは行き来があったのだろう。

夫からの二通目のメールを開いてみた。

――インド人もびっくり。

その一行だけだった。きっと、ラジープが遊びにきているのを見かけたのだろう。

三通目を開けてみる。

――この団地、いったいどうなってんだ。右隣だけじゃなくて、左隣の仕切り板にも小ぶりの穴が空いてたよ。左隣にどんな人が住んでいるか、望登子は知ってる？

自分が知っているのは、右隣の沙奈江だけだ。左隣の住人を知らないだけでなく、上の階の人も下の階の人も知らない。

次に片づけに行ったときにでも、それとなく丹野に尋ねてみよう。

早朝から霙《みぞれ》交じりの雨が降った。

手袋をしてくればよかったと後悔するのは何年ぶりだろう。北陸の雪深い町で生まれ育ち、寒さに慣れているはずの自分でも、冬ともなると東京だってやっぱり寒い。だけど決定的な違いは、東京の冬は手袋がなくても過ごせることだ。故郷の冬は手袋なしでは外出もままならない。

だが今日は違った。数日前から気温がぐんぐん上がり、春はすぐそこまで来ていると期待していたこともあってか、寒さが身に応える。思わずコートのポケットに手を突っ込んだ。

ああ、今日はなんて寒いんだろう。

鍵を出そうと、バッグに手を入れた途端、キーンと冷えた金属が指先に触れた。ぶるっと身震いし、全身まで凍りつくようだった。

今日は素手で冷えた金属に触らないようにしよう。そんなことを思いながら、寒さのことばかりが頭にあった。だから油断していたのだ。

いつもなら、不審者がどこかに隠れているのではないか、それは押入れなのかそれとも洋服ダンスかと想像すると恐ろしくなり、玄関に入るとすぐにドアを全開にしてストッパーで固定する。そして、どの部屋も窓を開け放ちながら、ざっと見て回るはずだった。それをしなくてもいいのは、夫と一緒に訪れたときだけだ。

だが、あまりの寒さに窓を開ける気にもならなかったし、早く暖房を入れることしか頭になかった。疲労が溜まっていたこともあってか頭が回らず、玄関ドアも冷気を入れないようにと素早く閉めてしまった。

「おお、寒い」

そう言いながら、シンとした玄関でブーツを脱ぎ、短い廊下を急いだ。

室内の空気が温まっているような気がしないでもなかったが、外気が冷えているから、そう感じるのだろうと思った。

キッチンに入って電気を点けた。朝の九時だというのに、雨のせいで室内は薄暗い。

この家はエアコンが一台しかない。居間にあるだけだ。

早く暖房を入れなきゃ。そう思って居間に通じる襖を開けたときだった。

えっ？

思わず息を吞んで、その場に立ち尽くした。

居間の真ん中に、小さな女の子が倒れていた。

小学校低学年だろうか。白い頰に長い髪がかぶさっている。血は流れていないが、ホラー映画か何かで見たような光景だった。

キャーッ。

そう大声を張り上げた気になっていたが、実際には声にならなかった。喉が詰まったようになり、声が出ない。恐ろしくて、玄関へ引き返す足が震えてもつれる。

どうしよう。

そうだ、沙奈江だ。沙奈江を呼んでこよう。

そうじゃないよ。救急車の方が先だよ。この子は幽霊じゃなくて、病気か事故で倒れているに決まってるじゃないの。

待って待って。それよりも、やっぱり沙奈江にも来てもらおうよ。いや、沙奈江なんかじゃ頼りない。そうだ、丹野さんだ。彼女の方がしっかりしている。そうじゃないってば。救急車が先なんだよ。早く呼ばなくちゃ。

廊下に仁王立ちになり、スマホを開くが、緊張と恐怖からうまく操作できない。

指先が言うことをきかないのだ。

深呼吸だ、そうしよう。

そのとき、背後で物音がした。

驚いて振り返ると、女の子がむくっと起き上がっていた。眠そうに目をこすりながら、こちらに近づいてくる。

——ここはどこ？

そう問いたげに見えた。

ゴクリと唾《つば》を飲み込む自分の喉の音がした。

「あなたはどこの子？　お名前は？　どうやってここに入ったの？」

そう尋ねながらも、知らない間にじりじりと後ずさりしていた。

そして玄関へ走り、ドアを全開にした。

こんな小さな女の子が一人でここに来るはずがない。そもそもここにどうやって入ったのだ。どこかに凶器を持った、見るからにガラの悪そうな父親が隠れているのではないか。

ロングブーツなど履く暇はなかった。玄関先に置かれたままの姑の花柄のスニーカーに足先だけ突っ込むと、走って外廊下に出て、沙奈江の部屋のチャイムを連続で何度も押した。

反応がない。

まだ寝ているのか。

ドアをドンドンとノックしてみた。どうしてこんな肝心なときに沙奈江はいないのだ。

スマホを出して住所録から丹野の電話番号を探していると、背後に気配を感じた。

慌てて振り返ると、小さな女の子が玄関先まで出てきて、望登子を見上げていた。

思わず悲鳴を上げそうになる。

「おばさん、ミミの助《すけ》はどこ？」と聞いてきた。

「ミミの助って……」

「ウサギさんだよ、茶色の」と、女の子は頬を膨らませた。何やら怒っているようだ。

「あのウサギはね、こっちの家のおばさんが預かってくれてるのよ」と、望登子は沙奈江のドアを指差した。

「本当？」と女の子は疑わしげな目を向けてくる。

「あなたは、いったいどこの子なの？」

そう尋ねると、女の子は沙奈江とは反対側の隣家を指差した。

「え？　こっちの家の子なの？」

驚いて尋ね返すと、女の子は大きく頷いた。

そのとき、沙奈江の部屋のドアが開いた。

具合が悪いのか、真っ青《まっさお》な顔をしている。貧血を起こしているように見えた。

「日菜子《ひなこ》ちゃんじゃないの。どうしたの？」と沙奈江が女の子にか細い声で話しかけた。

「おばさんの家にミミの助がいるって本当？」

「いるわよ。見たいの？」

「だって、ミミの助は日菜子のウサギだよ」と口を尖《とが》らせた。

丹野が言っていた隣家というのは、この女の子の部屋のことだったのか。

ああ、これでウサギを引き取らずに済む。

ホッとして、安堵の溜め息が漏れた。

10

今日は全館挙げてのセールのため、客が多かった。

ジュエリー・ミユキの目玉商品は、不揃いの淡水真珠を使ったネックレスとピアスで、破格の値段だからか朝から好調な売れ行きを見せている。

やっと客足が途切れたと思ったとき、店長が聞いてきた。

「結局、ウサギはあれからどうなった？　誰のウサギか判明したの？」

「はい、やっとわかりました。隣の部屋に住んでいる女の子が、友だちから譲り受けたものだったんです」

クラスでいちばん仲の良かった子が引越してしまうのが寂しくて、引越し当日にこっそり家を見にいったのだという。物陰から見ているつもりだったが、すぐに友人の母親に見つかり、手招きされてハンカチをプレゼントされた。

――向こうでも日菜子ちゃんみたいないいお友だちができるといいんだけどね。

母親は残念そうに、そう言った。

その家のウサギが三羽の子供を産んでからというもの、日菜子は毎日のように子ウサギを見に通うようになっていた。

――日菜子ちゃん、一羽あげるよ。

そのときは、まだ手の平に乗るほどの小さいウサギだったという。

「飼い主がはっきりして良かったわね。これでひと安心ね」

「それが、そうでもなくて……」

「あら、どうして？」

日菜子の家庭は母一人子一人で、母親は朝から晩まで働いている。ウサギを持ち帰ったとき、喜んでもらえると思ったのに、母親は激怒した。

――さっさと捨ててきなさいっ。

友だちに返そうにも、既に引越したあとだった。

母親に叱られた日菜子が、ウサギを胸に抱いて廊下でシクシク泣いているところを、姑が通りかかり、声をかけたらしい。

――そういう事情なら私の部屋に置いてあげるよ。

翌日になると、姑は駅前のデパートの屋上にあるペットショップへ行き、飼育用品や餌を買い揃えた。日菜子がいつでもウサギを見にこられるようにと、もともと亀裂の入っていた隣との仕切り板にこっそりと穴を空けた。それは、小さな女の子しか通れないような小さな穴だった。ベランダに面したサッシ窓の鍵が壊れているから、簡単に部屋に入ってこられる。

日菜子の話から察するに、餌をはじめとしてウサギ関連の費用は姑が全額出していたようだ。

「だったら望登子さん、あなたがなんとかするしかないわね」

「なんとかと言われても……」

「だって、その女の子に返すわけにはいかないんでしょう。きっと母親にこっぴどく叱られるわよ」

「だからといってあのウサギをうちのマンションで飼うなんて……」

「だったら多摩《たま》川の原っぱかどこかに捨ててくれば？　それなら福祉保健局に引き取ってもらうよりは心が痛まないんじゃない？」

あのウサギは何キロぐらいあるのだろう。

多摩川の原っぱまで運べば済むという問題じゃない。人目のない時間帯を狙う必要がある。捨てるところを誰かに見られて注意でもされた日には……想像するだけでドキドキする。こういうとき、自分は小心者だと思い、つくづく嫌になる。

「それもできないんなら、あなたが飼うしかないわね」と、店長はきっぱり言った。

「そんな……」

「大丈夫よ。運動させて痩せさせればいいのよ。適当にトリミングしてもいいかもね。全身を丁寧に洗ってみたら？　そしたら清潔になるし、抱っこしたらきっとフワフワで、少しは愛着が湧くはずよ」

「そうでしょうか」

「そのうち情が移って、寿命が尽きたとき、あなたならきっと大泣きするわよ」

「えっ？」

自分はどういった人間に見られているのか。純粋な少女のよう？　それとも単細胞？

どちらにしても、いい気分ではなかった。だが御し易いと思われていた方が、仕事先では気が楽というものだ。出世争いのないパート勤務となれば尚更だ。

「ダンナさんはどう言ってるの？　ウサギのこと」

「まだ夫には話していないんです」

「どうして？」

「話してしまうと、取り返しのつかないことになるような気がして」

そう言うと、店長は噴き出した。「なるほどね」と一人納得している。

「お母さんが可愛がってたと思えば捨てられないよね。きっと宝物のように大切にする」

「やっぱりそう思われます？」

「だけど残業で帰りが遅いから、実際の世話は妻に任せることになる。そして、世話がなってないと文句ばかり言う」

「店長、それは私の想像と全く同じです」

アハハと店長は軽快に笑った。

「まっ、いいじゃないの。さっさと殺処分しろって言う男よりはマシじゃない?」

「そりゃあそうかもしれませんが」

「子供たちも独立したんだから、ウサギくらいいてもいいじゃない。あ、いらっしゃいませ」

「いらっしゃいませ」

二人同時に頭を下げた。

11

その日は沙奈江が来てくれることになっていた。

不要品を持って帰ってくれることになっている。

段ボール箱の中に、レトルト食品や紙パックのリンゴジュースなどをたくさん遺したまま姑は逝った。我が家では夫婦二人暮らしとなってからは、甘いジュースは買わなくなったし、レトルト食品は普段からほとんど使わないから馴染みもない。

玄関のチャイムが鳴った。

覗き穴から見ると、沙奈江の背後に背の高い女性がいる。フミだった。

「ありがとう。来てくれて助かるわ。欲しい物があれば持ってってちょうだいね」

それほど意識したわけではなかったが、フミの方を見ずに言ったので、フミの存在を無視するような形になってしまった。

「ありがとうございます。お邪魔します」と沙奈江は明るい笑顔を見せた。

「ちょっと沙奈江、何なのよ」とフミが背後から沙奈江の肩を摑んだ。「あたしがせっかく遊びにきてあげてんのにさ」

沙奈江は途端に陰気な表情になる。この二人はいったいどういう関係なのか。友人にしては上下関係がありすぎる。フミにいいように利用されているのではないか。

——あんただけ生活保護をもらってズルイよ。

などとイチャモンをつけられ、日々責められている光景が目に浮かんだ。

沙奈江は思い詰めたような目つきになったと思ったら、すっと深く息を吸い込んだ。そして肺に溜め込んだ息を一気に吐き出すようにして言った。「ごめん。フミさん、少しの間だから、ここで待ってて」

たったそれだけのことを言うのにも勇気が要るらしい。

「こんな寒いとこで？　だったら沙奈江の部屋で待ってるよ」

「それは……」

自分のいないときに部屋に入られるのは嫌なのだろう。何を盗まれるかもわからない、勝手に手紙などを読んでプライバシーを探られる可能性もある、そういうことか。

沙奈江の不安そうな顔つきを見れば、フミを信頼していないことは一目瞭然だった。

「だったらフミさん、遊びにくるのはまた今度にしてくれる?」と蚊の鳴くような弱々しい声になる。

「マジ? こんな寒いところをせっかく来てあげたのにさ」

「だって……」

沙奈江が飲み込んだ言葉は、きっとこんなところだろう。

——来て欲しいとこっちが頼んだわけじゃないよ。

それとも、

——せめて電話して、こちらの都合を聞いてから来てよ。

望登子は、無意識のうちに大きな溜め息をついていたらしい。沙奈江とフミがこちらを同時に見たことで気づかされた。

「良かったら、あなたも入って」

望登子はフミに声をかけた。信用ならない人物だとは感じている。深く関わり合いにならない方がいいとも思う。だがその一方で、フミには未熟さが見える。粗暴な親の元で育ち、他人との距離の取り方を学ばないまま大人になった。そんな生い立ちが透けて見える。そう思うのは勝手な思い込みだろうか。

フミはまだ三十代だろう。沙奈江以外に優しくしてくれる知り合いがいないから、沙奈江にまとわりついているだけだ。そう考えれば、何も怖がることはない。片づけさえ終われば、この部屋を解約して引き払うのだから、少しくらいフミと関わり合いになってもどうってことはない。

遅くとも再来月にはここを引き払う目処をつけていた。自治会の人々の協力で粗大ゴミを処理する目星がついたとき、おおまかな退去日を決めた。家電四品目の引き取り業者や、人形ケースをはじめとした夫の思い出の品を自宅マンションへ運ぶ引越し業者の選定も済ませている。

目を泳がせているフミに、「どうぞ入って。そこ寒いでしょう」と促した。フミに親切にしたのではなく、時間がもったいなかった。

二人をキッチンへ通し、沙奈江に向かって言った。「この部屋にある物で、もし要る物があればどれでも持ってってもらいたいの」

「本当にもらっていいんですか?」

沙奈江は目を丸くして三ダースあるジュースのパックを見つめている。

「良かったら、こっちにあるのも見て」

ここぞとばかりに、様々なレトルト食品やドライフーズなどを広げて見せた。

「嬉しいっ。さっそく娘に送ってやります。うちの娘は京都で和服の仕立ての修業をしてるんです」

遠慮がちだが、どこか誇らしげな顔つきだった。

「それはいいわね。手に職をつけると将来も安心だもの」

何の気なしに常識的なことを口にしただけなのだが、沙奈江は弾けるような笑顔を見せた。人から褒められることのなかったこれまでの人生が透けて見えるようで、不憫《ふびん》になった。

「本当？　それ全部もらえるの？　すごいじゃん」

フミが沙奈江の背中越しにジュースのパックをじっと見つめていた。狡猾《こうかつ》そうな目つきだった。ついさっきまでは、捨てるのが面倒だから少しでも持って帰ってもらいたいと思っていた。だが今は、このフミという女にだけは何ひとつやらないぞ、と意地悪な気持ちになった。

「実は私」と、沙奈江は思いつめた表情をして続けた。「セイホなんです」

「セイホって？」

「生活保護を受けてるんです」

知ってるわよ、と言うのも悪い気がした。

「まあ、そうだったの。苦労してるのね」

いま初めて聞いたという風な表情を装ったつもりだが、うまくいったかどうかはわからない。

「だから、本当に助かります」

「調味料なんかはこっちの段ボール箱にまとめておいたわ」

醤油に味醂にウスターソースにマヨネーズ、ポン酢に胡椒に塩に砂糖。封の開いていない買い置きもいくつかある。若かったときなら、節約のために自宅へ運んで使おうと思ったかもしれない。だが今は少しでも早く目の前から消えてほしかった。それは裏返せば、子供たちが独立して家庭経済が縮小し、暮らしが楽になったことの表れなのかもしれない。ふらりと喫茶店に入ることも増えたし、昔ほどケチケチしなくなった。

「全部いただきます」

「お米もあるけど、持っていく？　良かったらサトウのごはんもあるの」

「欲しいです。ありがとうございます」

「シャンプーやコンディショナーなんかはどう？」

もうひとつの段ボール箱には、洗濯用洗剤や食器用洗剤や漂白剤などを入れておいた。

「もらってもいいんですか？」

「もちろんよ。貰ってもらえると本当に助かる。捨てるのも意外と面倒なのよ。良かったら、こっちにあるティッシュやトイレットペーパーや、もらい物のタオルも持ってってくれる？」

「もちろんです」

それらを望登子が空の段ボール箱に次々と入れていく間、沙奈江は自分の部屋に調味料など重い物を少しずつ運び入れていく。

フミはといえば、まるで現場監督のように腕組みをして眺めていた。沙奈江が運び入れるのを手伝おうともしない。そこまで気の利かない人間が自分の周りにはいないので、どういう神経をしているのか理解できない。

「ねえ、まだ運ぶの？」

フミが突然言った。「喉渇《かわ》いちゃったんだけどさ。それに、ここ寒いし」

早く沙奈江の部屋に入れろと催促しているらしい。望登子は思わずフミを睨むように見てしまったが、フミは動じる様子もなく、目が合っても相変わらずにこりともしない。

沙奈江は、なぜフミのような人間とつき合うのか。勝手に来るから断れないだけなのか。フミとのつき合いは、沙奈江にとって何ひとつ良いことをもたらさない。それどころか、悪い道に引きずり込まれそうな予感さえする。

「フミさん、もう少し待っててよ」と、沙奈江の声はいつもより強めだった。驚いて見ると、沙奈江が再びすっと息を吸い込むのが見えた。

「それが嫌なら今日はもう帰ってくれる？」

沙奈江の声音はきっぱりしたものだった。フミは怒らせていた肩をストンと落とし、「終わるまで待ってる」とボソリと言った。

沙奈江が強く出ると、フミは途端に気弱になるらしい。いつもこうなのだろうか。どちらにせよ、場合によっては沙奈江が語調を強めることができると知り、少し安心した。

「すみません、図々しいんですが、この段ボール箱ももらっちゃっていいですか?」

床に跪《ひざまず》いた姿勢のまま、沙奈江がこちらを見上げる。

「もちろんよ。ひとつでも減ると助かるわ」

「段ボール箱があればこのまま娘に送ってやれます。本当にありがとうございました」

沙奈江が深々とお辞儀をしてから、段ボール箱を抱えて玄関に向かう。

「もしまた要らない物が出てきたら、声をかけてもいいかしら?」と背中に呼びかけると、沙奈江は満面の笑みで振り返った。「喜んでいただきに参ります」

沙奈江のあとにフミも続き、バタンと玄関ドアが閉まった。

ひと休みしようと、テレビを点けてコーヒーを飲んだが、気持ちが落ち着かなかった。今ごろ隣の部屋で、沙奈江とフミはどんな話をしているのだろう。フミがリンゴジュースやレトルト食品を横取りしようとしているのではないかと気になって仕方がない。

しばらくすると、外廊下の方から声が聞こえてきたので、テレビを消して耳を澄ませた。

「郵便局でーす、お荷物を引き取りにきました」

玄関ドアから、そっと顔を出してみると、沙奈江が段ボール箱を郵便局員に手渡しているところだった。目が合うと、「さっき頂いた物を京都の娘に送ってやるんです」と嬉しそうに微笑んだ。なかなか手早い。

フミに横取りされる前にと急いだのだろうか。

沙奈江に危害を及ぼす人間は許さないよ。いつの間にか、望登子はそう意気込んでいた。

12

いくらなんでも図々しいのではないか。

そう思うと、なかなか丹野に電話できなかった。

――またいつでも声をかけてね。

そう言ってはくれたが、ああいうのは単なる口先だけの礼儀に決まっている。本気で言ったわけじゃない。

片づけていくに従って、どんどん出てくる不要品を前に、望登子は呆然と立ち尽くしてしまっていた。

丹野たち自治会の人々に手伝ってもらい、確かに紙類だけは一気に片づいた。だがホッとしたのも束の間、不要品があちこちの棚や押入れからどんどん溢れ出てくる。あまりに膨大な量だった。エレベーターのない団地が憎くなる。ゴミ置き場まで、いったい何百往復しなければならないだろう。業者に一切合切を頼んでしまう人の気持ちが、ここにきて本当に身に沁みてわかった。自分はまだ五十代だが、これが十年後だったら、なけなしの貯金を取り崩してでも業者に頼むしかなかったかもしれない。

でも、どうあっても二ヶ月以内にはここを引き払いたい。家賃のことよりも、もうここには来たくないという思いが日増しに強くなってきていた。

丹野は見たところ身長百四十八センチくらいで体重は四十キロ前後か。細身に宿る強靱《きょうじん》な体力、テキパキとした無駄のない動き。今思い出しても、自分より年上とはとても思えない。

もう一度、丹野に手伝ってもらいたかった。こんな図々しいことを考える自分に、母が生きていたら何と言うだろうか。

――みっともないわね、およしなさい。さっさと業者を呼びなさい。

でも……。

――またいつでも声をかけてね。

またしても、丹野の明るい声音が思い出される。

そうだ、先日のお礼を言うだけでもいいのではないか。そこから話の糸口が見つかるかもしれない。そう考える自分は、厚顔無恥で図々しい人間だろうか。これまで、他人に頼った経験があまりない。隣に誰が住んでいるかもわからないような都会の暮らしが性に合っていると思ってきた。市役所の出張所で粗大ゴミシールを買うだけのことで、あれだけジロジロ見られたのも不快だった。自分のことは自分でなんとかしなければならないと思って暮らしてきた。ものを頼めるのは身内だけだし、たとえ身内でも相手の都合や気持ちを考えて、親しき仲にも礼儀ありとするのが正しいと思ってきた。だが、丹野の掛け値無しの親切心といったらどうだろう。

それに、冷蔵庫の中の腐りかけの野菜やベランダの石などを誰かが捨ててくれた。たぶん沙奈江がやってくれたのだと思う。今日そのことを聞きたかったのだが、フミが来ていたから聞けなかった。ベランダの仕切り板に穴が空いていることを、フミには知られたくなかった。フミは信用できない。

スッと鼻から息を吸い込んでから、思いきって丹野に電話をかけてみた。

「もしもし、わたし堀内の嫁の望登子です。先日は本当にありがとうございました」

――今、どこにいるの?

「え?　いま団地に来てますが。この前はたくさん運んでいただいて、夫にも話しましたら本当に……」

——もしもし、今こっちにいるのね？

「ええ、そうですけど」

——早く連絡してくれなきゃダメじゃないの。多喜さんのところのお嫁さんがいつ来るかとみんな首を長くして待ってたんだからね。もう全部片づいたの？　だよねえ。あんなに物が溢れてたら無理だよねえ。座蒲団にしたって、来客用の上等の十枚セットがあったでしょう。確か食器棚が二つもあったよね。キッチンなんかも大変でしょう。あの分じゃあ、お嫁さん一人では大変じゃないかなって自治会のジーサンたちとも話してたのよ。まだまだ片づきそうにないんでしょう？

「ええ、実はそうなんです」

よくこうも他人の家の中を隅から隅まで観察しているものだと感心してしまう。

「実は、捨てなきゃならない物が多すぎて困ってしまって……」と淡い期待をかけた。

——ああ、よかった。まだ片づいてなくてよかったわあ。私も自治会のジーサンたちも、誰かに親切にしたくてウズウズしてんだから。

「は？」

——わかったわ。私いまからそっちに行くからね。

いきなり電話が切れた。

鏡を見ずとも、いま自分がどんな顔をしているのかわかった。口角を思いきり上げ、まるで漫画に出てきそうな、嬉しさを隠しきれない典型的なニンマリした表情だ。

数分もしないうちに、階段を駆け上がってくるタッタッタというリズミカルな音が聞こえてきた。

「こんにちはあ」

玄関に出ると、丹野が少年のような佇《たたず》まいで立っていた。紺色のトレーナーにジーンズという若々しい姿だ。その爽やかな笑顔のお陰で、自分は図々しい人間だという罪悪感が少し薄らいだ。

「丹野さん、すみません、お忙しいところ」

「ううん、いいの。今日はもう仕事は終わったから」

「え？　お仕事していらっしゃるんですか？」

「そうなの。七十歳にもなってまだ働いてるのよ」

そう言って朗らかに笑うと、さっさと靴を脱いで上がってきた。「私ね、ご近所の老人宅の家事をお手伝いしてるの。毎日午前十一時から二時間だけ。意外にいい小遣い稼ぎになるの。身体も鈍《にぶ》ることがなくて、なかなかいいわ」

「へえ、それはいいですね」

「あらあら、この前来たときより物が溢れてるわね。そりゃそうよねえ。押入れや天袋の物を出したら、こうなって当然よ」

丹野はキッチンと居間の間の敷居を跨《また》いで立ち、部屋中を見渡した。

「茶器セットや壺がたくさん出てきたんですよ。それも全部、買ってから一度も使っていないみたいなんです。どうしてお義母さんはこんなに無駄遣いをしたんでしょう」

思わず愚痴がこぼれてしまった。

「多喜さんが買ったんじゃないと思うわよ」

「え？　だって……」

「私たちの世代はね、冠婚葬祭のお返しといえば陶器類が主だったのよ。カタログギフトもなかったし、商品券は現金と同じようなもんだから失礼にあたると思われていた時代だったの」

「そうだったんですか。義母が買った物じゃなかったんですね」

自分も昭和世代だから、そういう慣習があったことは知っている。だがそれらの品を何十年もとっておくとは。

「ほかにもあるんですよ。例えばバッグ類にしても買い物依存症かと思うくらい多くて。ほら、これなんですけど」

「そのバッグだって買った物ばかりじゃないわよ。ほとんどが、お中元やお歳暮をデパートから送るときに、粗品でもらえる物よ。私もいくつか同じの持ってるもの」

「そうだったんですか」

姑が異様なほど無駄遣いをしていたと勝手に決めつけ、姑に対して恨みがましい思いを抱きそうになっていた自分が恥ずかしくなってきた。だけど……。

「お義母さんたら、どのバッグにもハンドクリームやリップクリームを入れているんですよ」

「多喜さんは認知症ではなかったけれど、きっと年齢相応の物忘れはあったんでしょうよ。だからどのバッグにも入れておけば出先で困らなくて合理的だと思ったのかも」

年長者に聞いてみないとわからないことがたくさんあるらしい。

お義母さん、すみませんでした。

心の中でそう言いながら、チラリと天井の隅を見上げた。

「要らない物はバザーに出してあげるわ」

「本当ですか？　助かります」

「スーパーマルトミの横に集会所があってね。そこにチャリティーバザーの常設店があるのよ。売り上げの全額を児童養護施設に寄付することになるけど、それでもいいなら」

「もちろんです。まだ使える物や新品の物を捨てることを思うと罪悪感でいっぱいになってしまって」

最初はそれほどでもなかった。自宅マンションでも去年の暮れに断捨離をしてスッキリしたくらいだ。だが、今考えると、自分のはたいした量ではなかった。ここのように、あまりに夥しい量となると、捨てるたびに気が滅入ってくるのだった。

「そうと決まったら、要らない物を階段下まで運びましょう。そのあとは自治会のジーサンたちに店まで持ってってもらうから」

「お願いします。何とお礼を言っていいやら」

「いいのよ。多喜さんにはみんな本当に世話になったんだもの。世話好きで親切な人だったわ。私も十年ほど前に苦しい時期があってね、よく相談に乗ってもらったのよ。いつか恩返ししたいと思ってたのに、こんなに早く死んじゃうなんて……だから今、多喜さんのお嫁さんの役に立つのが嬉しいの。多喜さんのお導きじゃないかと思う」

苦しい時期というのは、どういう事情だったのだろうか。そして姑はどう助けたのだろう。そういうのは、相手が言い出さない限り尋ねないのが礼儀だと思ってきた。だが、ここの団地内の雰囲気はそうではない気がする。とはいえ、実際のところは自分にはよくわからない。よくわからないときはやはり尋ねない方がいい。そうは思うが、もしかして丹野は話したがっているのではないか。表情を見てみるが、わからない。ぐるぐると考えが回って結論が出なかった。

自分は五十半ばにもなって、他人との距離の取り方がいまだにわかっていないらしい。これではフミを批判する資格はない。相手との関係や性格や習慣にもよるだろうが、それを見抜くのは難しい。だが、たぶん姑はそんなことをごちゃごちゃ考えたりはしなかったのだろう。

――何かあったの？　最近の丹野さんたら暗い顔してる。話してごらんなさいよ。

姑なら躊躇なく尋ねたのではないか。

土足でプライバシーに踏み込むような人間が大嫌いだった。ついこの前までは。

実家の母は姑とは正反対で、常に自分を律していて他人のことには一切口を出さなかった。噂話をすることもなかったし、そういった女性たちを軽蔑していた。

「もう十年ほど前のことなんだけどね、多喜さんにお金を借りたことがあるの」

丹野はしんみりとした口調で話し出した。

「やだ、もちろん返したわよ。利子は払わなかったけど」

そう話しながらも、丹野は片づけの手は動かし続けている。望登子は一旦ゴミ袋に入れた陶器を一つずつ取り出しては、チャリティー用にと決めた段ボール箱に移していく。

「お恥ずかしい話なんだけど、うちの娘がロクでもない男に騙されて、借金してまで貢《みつ》いでしまってたのよね。気づいたときには借金が膨れ上がっていてね。うちの夫は定年退職後の仕事がまだ見つかっていなくて、私のパート代で家族が暮らしているような状態だったのよ。私がげっそりやつれちゃっているのを見て、多喜さんが真っ先に声をかけてくれたの」

何かを思い出したのか、手を止めてフフッと笑った。

「多喜さんはほんと変わった人だった。遠慮なく根掘り葉掘り聞くんだもの。普通は遠巻きに見てるだけで声なんてかけないでしょう?」

「ええ、そうでしょうね」

「多喜さんは顔が広くてね、知り合いの息子さんの、そのまた友だちの奥さんが弁護士をやっているとかでね、すぐに紹介してくれたの。私は法律の難しいことはわからないんだけど、確か利息の取りすぎとか言ってたかしら。ともかく、その敏腕ミニスカ弁護士さんのお陰でね、借金の額がぐんと減ったの。でも、その中でもどうしてもすぐに支払わなきゃならない借金もあってね、うちにそんなお金はないし途方に暮れていたら、多喜さんが貸してあげるって言ってくれたの」

「ちなみに、それはいくらくらいですか?」

「二百万円よ。車を売っても二束三文だし、娘のブランドバッグも全部売ったけどたいしたお金にならなくてね。親戚でさえ貸してくれないのに、まさか赤の他人の多喜さんが貸してくれるなんて」

丹野は声を詰まらせた。

「親戚は『頑張って』だとか『前を向いて』だとか『努力あるのみ』なんて声をかけてくれるけど、そんな励ましは私たち家族にとっては何の足しにもならなかった。ありがたいと思わなきゃならないんだろうけど、本音を言うと腹立たしいだけだった。切羽詰《せっぱつ》まって一家心中だって考えた時期だったから」

丹野は目に涙を浮かべながらも作業の手は止めない。「本当にありがたくて、その夜は家族全員で泣いた。それ以降は多喜さんに足を向けて寝られなかったよ。多喜さんに全額返し終えたのは今から三年前よ。長いことかかって申し訳なかった。少しずつしか返せなかったけれど、催促されることが一度もなかったから本当に助かった。それなのに、あんなに早く死んじゃうなんて……だからお嫁さんのあなたに、せめてもの恩返しをしたいの」

「そうでしたか。そんなこと全然知りませんでした」

姑は、貸した金は返ってこないと覚悟のうえで貸したのだろう。だから催促しなかったに違いない。姑は青森の出身だが、江戸っ子のような気風《きっぷ》の良さがあった。ウサギの飼育費用といい、たぶん他人のためにたくさん金を使ったのだろう。だから遺品整理業者に払う費用さえ残っていないのだ。

——あんたたち家族は心配ないね。

姑は会うたびにそう言った。どういう意味かと一度だけ尋ねてみたことがある。

——堅実に暮らしているようだし、孫二人もちゃんと大学を出て、きちんと就職した。だから心配はないってことだよ。世の中にはいつまで経っても心配な子供や孫を抱えた人がたくさんいるんだよ。その点、私は幸せもんだよ。

つまり、息子夫婦に財産を遺す必要はないと判断したのだろう。

あのね、お義母さん、私はニューヨークにアパートメントを借りて一ヶ月間だけでいいから住んでみたいんですよ。それくらいの費用は遺しておいていただけたら嬉しかったんですけどね。

「多喜さんはね、たわいもない悪口を言うのは大好きな人だったけど、深刻なことは絶対に口外しない人だった。それもとっても助かった。借金の噂が広まったら、この団地に住みにくくなるもの」

「そうだったんですか。知りませんでした」

「さあ、どんどん階段下に運びましょう。自治会のジーサンたちが待ってるから」

二人で次々に不要品を運んだ。丹野は相変わらず動作が機敏で感心してしまう。

これで、重い物を遠いゴミ置き場まで運ばずに済む。そのうえチャリティーバザーで役立つなら、これほど嬉しいことはない。夫にも「捨てた」と言わないで済む。

束ねた新聞や段ボールを運んだときと同じで、陶器類なども丹野の方が望登子の倍近く運んだ。どうしてあんな重い物を抱えてタッタッタと階段を走って降りることができるのか。自分の筋力のなさが恥ずかしい。

全部運び終えると、腿がプルプルと震えた。だが、丹野は平気な顔をしている。

「他に困っていることはない？」

「実は消火器が二本もあるんですよ」

言っても仕方がないことだ。だがそれらを片づけることを考えただけで気持ちが暗くなるので、誰かに愚痴を言いたかった。

「ちょっと見せてみて」

見てどうするのだろう。

「この消火器、私にちょうだい」

「えっ？　でも使用期限を過ぎてるんです」

「大丈夫よ。消火訓練で使わせてもらうわ。この団地はね、住民がみんな年を取ってきたこともあって、ボヤ騒ぎがときどきあるの」

「本当にいいんですかっ」

思わず大きな声を出してしまっていた。「ありがとうございます。本当に助かります」

ああ、もうこれで製造元まで持っていかなくても済む。タクシーを呼ばなくてもいい。

「こっちにある板切れはどうするの？」

「あちこちに棚が作ってあったんですよ。原状回復しないといけないので、取り外したら六枚ほどあって、そのうえ押入れの中にもなぜか十枚以上あるんです」

大きくてゴミ袋には入らないから粗大ゴミ扱いとなるが、一枚につき二百円かかる。

お金のことより、板切れ一枚を粗大ゴミ一点として数えるから、また退去日が延びてしまう。鋸《のこぎり》で小さく切ることも考えたが、天然木ではなく集成材だから、固くて鋸の歯を入れるのもひと苦労だった。

「自治会で使わせてもらうわ。来年のどんど焼きで燃やす板を集めていたところなの。今年は板切れが足りなくてね、わざわざお金を出してホームセンターで買ったのよ。だから早めに来年の分を集めることになってるの」

「嬉しいです。何から何まですみません」

「いいのよ、こっちも助かるんだもの」

そう言って微笑む目が優しかった。

姑のお陰で自分まで好かれている。姑同様、嫁まで善人だと思われている。

それは心地の好いものだった。

フワフワの暖かい毛布にくるまれているような気分だった。

13

弟から実家が売れたと連絡があった。

──来月の初めに売買契約を交わすことになったよ。先方は、家を取り壊して倉庫を建てると言ってるから、見納めに一度帰ってきたらどうかと思って。

とうとう自分が生まれ育った実家がなくなってしまう。

そう思った途端、寂しくてたまらなくなった。今まで頻繁に帰省していたわけでもないのに、自分の根っこのようなものを喪失する気がした。両親や弟と過ごした子供時代の思い出の家が忽然《こつぜん》と消えてしまう。

弟から連絡があってからの数日は、妙に甘い物ばかり食べすぎてしまった。気づかない間に情緒不安定になっていたのかもしれない。

――姉さんが来るまで家具は処分せずに置いておくよ。欲しい物があったら言ってください。僕たち夫婦はあと数年は近所の賃貸マンションに住むけれど、定年退職したら果穂のいる東京へ移住するつもりです。だから僕たちは大型の家具は残念ながら引き取れませんので。

あの家にはたくさんの家具がある。

弟夫婦は両親と同居していたから、家具も食器も買い替えることなく暮らしてきた。今でも実家に行くと、物心ついたときから慣れ親しんできた物に囲まれるのだった。玄関を入るとすぐに大きな下駄箱がある。その上に飾られている雉《きじ》の剥製《はくせい》も幼い頃からあった。リビングにある家具はもちろんのこと、台所にある重厚感のある食器棚や、洗面所にある籐《とう》製の物入れに至るまで、遠く離れていてもすぐに思い出すことができる。

あれらが全部なくなってしまう。

悔しいけれど引き取ることはできない。マンションには置く場所もないし、運ぶのにもお金がかかる。だから、写真に残しておこうと思った。

パート先に休みをもらい、帰省することにした。

実家には昼過ぎに着いたが、その日は平日だったので、会社勤めの弟は家にはいなかった。

「お義姉さん、寒い中ご苦労様です」

美紀が出迎えてくれた。

暖房の効いたリビングに通され、父が愛用していた揺り椅子に腰かけた。

美紀は望登子の好みを覚えていて、ミルクたっぷりの濃い紅茶を淹れてくれた。

「この揺り椅子は引越し先に持っていくんでしょう？」

「達彦さんは要らないと言ってましたけど」

「そうなの？」

「引越し先は狭いですから」

「この椅子、どうするの？」

「処分するつもりですけど」

「処分って、捨てるってこと？」

そう尋ねると、美紀は黙った。

「これは父が愛用してた椅子なのよ。太い籐でできていて日本製だし、モノがいいらしいの。すごく高かったと聞いたことがあるわ」

「はい、それは達彦さんからも聞いています」

「欲しい人にあげたらどうかしら」

そう言うと、美紀は薄く笑った。

そのとき、姑の部屋にあった人形ケースが頭に思い浮かんだ。自分からしたら、さっさと捨ててしまいたい代物だったが、夫には大切な思い出の品なのだった。なかなか捨てようとしない夫に対して腹立たしい思いをしたものだ。もしかして今の自分は、あのときの夫と同じなのか。

美紀は、勝手なことを言う義姉に対してウンザリしているのかもしれない。

「ごめんね。欲しい人を探すこと自体が面倒だよね」

「そんなことありませんよ。お義姉さんが要らないなら、あちこち声をかけてみようと思ってたんです」

「欲しい人が見つかりそう？」

「たぶん……無理だと思います」

「そう、残念ね。いいモノなのに」

「ですけど、あちこちささくれ立っていますし、動かすたびにギシギシと音がしますでしょう。お父様の時代からずっと使ってきたんですから、もう十分使いきったとお考えになった方が気が楽ではないでしょうか」

「確かにそれは言えるわね。いちいち罪悪感を持っていたら、いつまで経っても片づけられないもんね」

「この家には、ほかにもたくさん上等の家具がありますよね」と美紀は上目遣いでこちらを見た。「でも私たちは小さなマンションを借りるつもりですから、ほとんど持っていけそうにないんです」

つまり、義姉の望登子が捨てていいと言ってくれるのを待っていたのか。

「わかったわ。うちのマンションに置けるような小さな物を一つか二つ選ばせてちょうだい。あとは美紀さんにお任せします」

「ありがとうございます。そう言っていただけると助かります」

「どこもかしこも親の遺した物の始末で大変よね」

今まで日本にはどの家にもたいがい跡継ぎがいたものだ。代々その家に住み、家を畳むということは滅多になかったのだろう。家を建て替えたとしても同じ場所であり、家具なども使える物はそのまま使ったに違いない。

「お義姉さんのお姑さんの家の片づけも大変なんですか?」

「そりゃあもう大変よ。たかが3Kだと甘く見てたわ。そのうえ夫が色々と口を出すのよね。だからこの家は美紀さんの好きなように処分してくれていいのよ。あとで文句言ったりしないから大丈夫よ。あれこれ言ったりしたら、私も夫と同じ穴の貉《むじな》になっちゃうから」と、いたずらっぽく笑ってみせた。

「任せてくださり、ありがとうございます」と美紀は笑顔を見せた。肩の荷が下りたような顔をしている。

「ねえ、ところで、うちの母は美紀さんにとって、どんな姑だった?」

そう尋ねた途端、一瞬だったが美紀は顔を強張《こわば》らせた。すぐに笑顔を取り繕《つくろ》ったが既に遅い。美紀の本心を見てしまった。姑と違い、自分自身に厳しく毅然とした母だったから、亡くなるときも遺品を完璧に整理し、周りに迷惑をかけることなく逝った。だから美紀も感謝の気持ちでいっぱいに違いない、褒めまくってくれるだろうと思ったのに。

「どう言えばいいんでしょうか。お義母様はご自分に厳しい方でした」

「確かにそうだったわ。いつもきちんとしてたもの」

「ええ、本当に」と美紀は柔らかく微笑んだ。

「娘の私が言うのもナンだけどさ、本当に立派な女性だったと思うわ」

そう言うと、美紀はまたふっと笑顔を消した。そして、慌てたように、また口角を無理に上げた。

「でも……」

「でも、何？　遠慮なく言ってみて」

「はい。お義母様はご自身だけでなく他人にも大層厳しかったです」

そこで口を閉じた。本当は、嫁には特に厳しかったとでも言いたいのだろうか。母は意味もなく嫁をいじめるというようなレベルの低い女性ではなかったはずだが。

「美紀さんにも厳しかったの？」

「ええ、まあ」と笑って応えるが、頬が微妙に引き攣《つ》っている。

「例えばどんなことで？」

「そうですねえ、色々なことです」と、美紀は言葉少なだった。

その表情から、本当はたくさん言いたいことがあるのだろうと思われた。

確かに母は他人にも厳しかった。ひとつ屋根の下で暮らす嫁の美紀にはつらく感じられたのかもしれない。理路整然と批評精神を発揮する毎日だったのではないか。

「お義母様は、いつも眉間に皺を寄せておられました」

「それは……大変だったわね」

「いいえ、とんでもないです。よくしていただきました」

こういうところが育ちがいいと感心する。姑の悪口を実の娘の前で言ったりしない。常に礼儀正しく立場を弁《わきま》えている。美紀は気づいていないかもしれないが、実はそういうところが、母と美紀はそっくりなのだ。ガハハと品のない笑い方をすることもなく、大声でおしゃべりに興じることもなく、常に冷静で自分を失わない。感情を隠すことのできない姑の多喜とは対照的だ。

「そういえば、母が亡くなる前に形見分けをしたよね。着物やらペンダントやら」

そう言うと、美紀はなぜか素早く目を逸らした。

「私は指が太いから指輪はもらわなかったけど、美紀さんにはサイズぴったりだったでしょ」

「え？　ええ、まあ」と美紀は言葉を濁《にご》す。

「美紀さんの趣味には合わなかったのかな？　でも果穂ちゃんなら似合うかもね」

「お義姉さん、すみませんっ」

美紀は向かいのソファに座ったまま、突然頭を下げた。

「どうしたの？」

「お義母様の着物もペンダントも指輪も換金してしまいました」

「えっ？　美紀さん、お金に困ってたの？」

驚いて美紀を正面から見つめた。

「いいえ、そうじゃありません。なんていうのか……」

「趣味が合わなかったとか？」

「ええ、まあ、そんなところです」

「果穂ちゃんも要らないって言ったの？」

「いいえ、果穂には聞いてません」

なんて正直な人だろう。マジマジと美紀を見つめた。

適当に嘘をつけばいいのだ。残念ながら果穂も要らないと言いました、とかなんとか。

今まで美紀が母を苦手としていたなんて想像もしていなかったから、少なからずショックを受けていた。

自分は東京での生活に忙殺されていて帰省の回数も多くはなかったし、母が亡くなってからは更に足が遠のいた。三世代同居でも、それなりにうまくやっているのだろうと勝手に思い込んでいた。同居は窮屈なこともあるだろうが、あの凛とした母ならば、多喜とは違って、嫁のプライベートに口を出すこともないだろうし、「親しき仲にも礼儀あり」を実践していたのではないか。だが、母は口数が少ないだけに何を考えているかわからないところがあり、美紀は母の厳しい視線を日々感じていたのかもしれない。そう考えると、多喜のように、思ったことをすぐに口に出す人間の方が気が楽ということか。

今になって色々と想像したところで仕方のないことだ。とにもかくにも、美紀は母の遺品を身につけるのに抵抗があったということだ。つらい思い出、腹立たしい思いが甦《よみがえ》るのだろう。だったら処分した方がいい。換金してすっきりしたのなら、それはそれでいい。うん、いいのだ。

「本当に申し訳ありませんでした」

「やだ、いいのいいの。そんなの美紀さんの自由よ。換金かあ。さすが美紀さん、賢いわね」

頬が引き攣るのを見られないように、窓の外を見るふりをした。

美紀を責めることなんてできない。自分だって、姑の遺した物を何でもかんでも丹野に頼んで慈善バザーに出そうとしている。もしも高価な貴金属があったら、自分も美紀がしたように換金したかもしれない。

物が単なる物だと割り切れないときがある。魂が籠もっているように思えてしまう。その魂が自分に対して好感を持ってくれていた人の物ならいいが、そうでなければ目にしたくなくて当然だ。

14

東京に戻ってきた翌日、疲れを取る間もなく、団地の片づけに向かった。
その日は、押入れの中から姑の大学ノートを見つけた。何冊もある。
表紙に「六月」と書かれているノートを開いてみた。

——六月一日
今日は蒸し暑い日だった。今年初めて冷房を入れた。
スーパーマルトミでほうれん草と鰈《かれい》の干物を買う。バニラアイスクリームも。帰りに風間《かざま》さんと会って立ち話。あっという間に一時間も。さよならするとき、風間さんの背中が汗で濡れているのが見えた。こんなことなら家に招いて、涼しい中でお茶でもすればよかった。

日々の簡単なメモ書きらしい。
ペラペラとページをめくっていく。

——六月十日

こんな暑い日に葬式。七号棟の良美《よしみ》さんのご主人八十九歳だって。自治会役員が香典五百円ずつ集金に来た。

この喪服は本当に夏用なのかしら。暑くてたまらない。黒いストッキングを無理して穿いたらサウナみたいに汗が噴き出した。

良美さんの気持ちが落ち着いたら、ランチに誘ってみよう。それとも、うちで素麵《そうめん》か何かご馳走《ちそう》しようかな。冷房ガンガン入れて。

太っていると暑く感じるっていうけど本当だ。ほっそりした中沢《なかざわ》さんは、いつも涼しそうな顔をしているもの。ああ羨ましい。

姑が筆忠実《ふでまめ》だったとは知らなかった。たわいもない内容で、思ったことをダラダラ書いているだけだが、ほぼ毎日欠かさず書いていたようだ。

——六月十一日

本当に腹が立つ。三号棟の弥英子《やえこ》さんなんか、もう二度と口を利いてやるもんか。親切で言ってやってるのに「結構です」だってさ。バカにするのもいい加減にしてよ。どうせ私はお節介ばあさんですよ。悪かったね。

ああ、もう腹が立つったらありゃしない。

――六月十五日
弥英子さんから電話あり。

団地の向かいのカフェでお茶しようって。

意外といい人かも。

手作りのポケットティッシュ入れをくれた。かわいい花柄で気に入った。

おからをたくさん煮たから、家まで持っていってあげた。

――六月十六日
今日はお隣の沙奈江ちゃんを家に呼んで、簡単なお昼を作って一緒に食べた。

コーヒーとトーストとゆで玉子とサラダだけ。

それでも二人で食べると美味しい。

沙奈江ちゃんは素直だし、私の話をいつも楽しそうに聞いてくれるから大好き。

ちょっとした話でも大げさに驚いてくれるから話し甲斐がある。嫁の望登子さんとは大違い。

沙奈江ちゃんは乳癌の手術をして一年経った。今も調子の良くない日が多いらしい。

青白い顔をしているときもあるから心配だ。

一人娘さんが京都に着物の修業に行ってしまってからは、寂しそうな顔をするときがある。もう少しヒンパンに誘ってあげた方がいいかな。

——六月十七日

インド人がいた。びっくりした。

沙奈江ちゃんがカレーをご馳走するというから行ったのだ。

インド人とはどこで知り合ったんだろう。どういう関係なんだろう。妻子はいるんだろうか。

次回沙奈江ちゃんを昼食に呼んだときに、じっくり聞いてみよう。

それにしても美味しいカレーだった。どうやったらあんなにこっくりしたバターライスを作れるのだろう。日本人向きに辛さを加減したとは言っていたが、それでもやっぱり辛かった。でも深みがあって癖になりそうな味だった。

いきなり外国人が「イラッシャイ」なんて言うから驚いたけど、穏やかで優しそうな男性だった。何歳なのか見当がつかないけれど、白髪交じりだから意外と年取ってるのかも。沙奈江ちゃんが蕩《とろ》けそうな甘えた顔をするのを初めて見た。高校を出た大きな子供がいるけど、沙奈江ちゃんはまだ三十代だ。優しい男が見つかれば再婚したっていいんだよ。

——六月十八日

あの恩知らずめが！

五号棟の谷口《たにぐち》さんとは絶交だ。

もう金輪際《こんりんざい》、口を利いてやらないからね。

冗談じゃないよ。孫が不良になったっていうから相談に乗ってやったのに、帰り際に何て言ったと思う？

多喜さんには話さなきゃよかった、だってさ。

そりゃあ私だって一発で解決できる方法なんて知らないさ。だけど聞いてあげるだけでも、ちょっとは心が晴れるんじゃないかと思ったんだ。それにこっちから聞かせてほしいって言ったわけじゃない。あっちから聞いてほしいと言ってきたくせに。

谷口さんを家に招いて炒飯《チャーハン》をご馳走するなんてことは、今後一切ないんだからね。

——六月十九日
どうしよう。ウサギがどんどん太る。

今日も散歩に連れ出したけど、草を食べてばかりで動こうとしない。

腹が立ったので、思わずウサギを大声で叱った。

あんたねえ、「脱兎《だつと》のごとく」って言葉を知らないわけじゃないだろ？

この一流の皮肉が通じないのかウサギは私を完全に無視した。全然かわいくない。

三時頃、いつものように日菜子ちゃんがベランダの穴を通ってやってきた。最近やっと笑顔が見られるようになった。お母さんはいつも苛々しているけど、お仕事が大変だから仕方がないんだよと言ったら、「うん、わかってる」と素直に頷いた。かわいい子だ。今日も宿題の漢字練習を見てやった。足し算の筆算は、まだ時間がかかるけど間違いが少なくなったので、ちょっぴり安心。でもまだ目は離せない。おやつにホットケーキを焼いてあげた。

――六月二十日

絶交したはずの谷口さんが、何事もなかったような顔で遊びにきた。馬鹿馬鹿しい。

栗をたくさん持ってきた。

知り合いからもらったから、お裾分《すそわ》けだってさ。

そう出られちゃ仕方がないよ。

「多喜さんはお茶も淹れてくれなかった、玄関先で追い返された」なんていう噂が立ったら嫌だもの。

正直言うと、谷口さんに対する怒りはもうとっくに収まっていた。

だってあれから考えたんだ。そしたら谷口さんの気持ちもわかる気がしてきた。誰だって身内の恥を晒《さら》すのは勇気が要るし、思いきって話してみても解決策が何も得られなかったとなれば……。

祖母の立場なのに、身内のことをアカの他人にベラベラしゃべってしまったことを後悔したんだろうね。遠くに住んでる孫ならまだしも、道路を挟んで向かいの団地に住んでるんだもの。

でもさ、みんな口には出さなくてもそれぞれに悩みは抱えてると思うよ。親族全員が清く正しく安定した人生を送っているってことは稀《まれ》なんじゃないかな。

そこへいくと自分は恵まれている。息子夫婦はもちろん、孫たちも独立して、それなりに楽しく暮らしているようだから。


望登子は、ふうっと息を吐いた。

うちの母も人のことを悪く言うことはよくあった。だが姑とは違い、理路整然とした、遠くから人を眺めての批判だったと思う。姑のように直接相談を持ち込まれたり、面倒を見てあげたりしていたわけではない。

それよりも……お義母さん、私は偏見の塊でした。

お義母さんは見知らぬ外国人の手料理を何の抵抗もなく食べて、素直に美味しいと感じたんですね。生活保護を受給していても、異性と交際するのは自由なのに、私は反感を持っていました。あの優しそうなインド人が沙奈江の精神安定剤の役割を果たしているかもしれないのに……。

沙奈江が乳癌の手術をしたとは知らなかった。いまだに体調が思わしくないのかもしれない。そういえば、以前、真っ青な顔をしていたことがあった。言ってくれればよかったのに。沙奈江の厚意に甘えて、ずっとウサギを預け続けていた自分が恥ずかしい。

だが、もとはと言えば日菜子が同級生からもらったウサギなのだ。日菜子の母親に事情を話して引き取ってもらうことはできないのだろうか。会ったことはないが、今までの話からすると、時間的にも経済的にも余裕のない暮らしをしていて常に苛々しているらしい。

──捨ててらっしゃい。

そう言って日菜子を叱るかもしれない。

だとしたら、どうすればいいのだろう。やはりこちらが引き取るしかないのだろうか。

沙奈江の体調を考えたら、今日明日中にでも引き取らなければならない。

今夜にでも夫に相談してみようか。前もってメールで知らせておこう。この時間は勤務中だが、心の隅にでも留めておいてもらった方が、今夜の話し合いもスムーズにいくかもしれない。いきなり面と向かって言えば、じっくり考える暇もなく言葉の応酬になる可能性もある。

スマホを取り出して、夫にメールを打った。

それからまた姑の書き遺したページをめくってみた。

──六月二十一日

今日も日菜子ちゃんが来た。

あんなにウサギを可愛がっていたのに、最近は見向きもしなくなった。

どうしてなのと尋ねてみたら、日菜子ちゃんはこう言ったんだよ。

「だって赤ちゃんのときは、すっごく可愛かったのに、今はあんなに汚いんだもの。それに日菜子には重すぎて抱っこできない」

呆れてモノが言えなかった。

「おばあちゃん、怒ったの？」っておずおずと聞いてきた。

本当は怒りたかったけど、やめておいた。「しょうがないわね」って言っただけ。

日菜子ちゃんには厳しくしたくない。だってお母さんがいつも苛々しているから、うちでも厳しくしたらかわいそうだもの。

子供は飽きっぽいものだ。あんな小さな子にウサギの飼育は無理だろう。

この先もウサギの面倒は私が見るしかないようだ。

日菜子までもがウサギに飽きていたとは思わなかった。望登子が自宅マンションに持ち帰ったら日菜子が寂しがるのではないかと心配していたのだ。自分も相当お人好しらしい。

それにしてもお義母さん、あなたは安易なんですよ。生き物を育てるっていうのは責任が伴うんですからね。

だが、もう……仕方がない。

夫にメール送信したばかりだが、もう考える余地はない。どう考えても日菜子の家に持っていくわけにはいかない。

そのとき、メールの着信音が鳴った。夫からだった。

――ウサギはうちで飼おう。太ってていいじゃないか。お袋が可愛がってたんなら俺が世話するよ。ネットで検索してみたら、ペットを運んでくれる引越し業者もあるらしい。料金は意外に安いから、すぐにでも手配しよう。隣の女性にも申し訳ないからね。

時計を見ると十二時を三十分も過ぎていた。今は昼休みらしい。

夫が世話をするというのなら、そうしてもらおうじゃないの。そのうち面倒になってきても、こちらに押しつけないよう、今夜にでも念を押しておかなきゃ。

ああ、あのウサギがうちに来る……。

生き物を飼うのは子供の頃以来だ。どうなることやら。

そんなことを考えていると、玄関のチャイムが鳴った。沙奈江だった。

「お昼どうされます？　良かったら簡単な物を作りましょうか？」と聞いてきた。

「ありがとう。でも駅前でサンドイッチとサラダを買ってきたから」

「そうでしたか」と少し残念そうな顔をする。

「沙奈江さん、良かったら上がってちょうだい。お茶でも淹れるわ」

そう言うと、沙奈江の表情がパッと輝いた。

「まだまだもらってほしい不要品があるの。一応見るだけでもお願いします」

「ありがとうございます」

沙奈江が靴を脱ごうとしている。見覚えのあるウォーキングシューズだった。姑の靴を早速履いてくれているらしい。

「ぴったりです。履き心地がいいんです」

こちらの視線に気づいて、気遣ってくれるところが嬉しい。

居間に招き入れ、「適当に座ってちょうだい」と言うと、沙奈江は目をパチクリさせて部屋を見回した。物が散乱していて、座る場所もないのだった。

沙奈江は苦笑しながら、それらを隅に避け、なんとか座れる隙間を作った。望登子は、マグカップに入った紅茶を段ボール箱の上にトレーごと置いた。

「どうぞ、良かったらチョコレートも」

「すみません、いただきます。実は、少しお話ししておきたいことがあったんです」

沙奈江は神妙な顔で続けた。「私にとって、多喜さんは命の恩人なんです」

「命の？」

「大袈裟《おおげさ》に言ったんじゃないですよ。本当に恩人なんです。実は……」

し、市役所の生活福祉課の援助を受けて、暴力亭主になけなしの預金を全額渡すことでやっと離婚が成立し、市役所の生活福祉課の援助を受けて、この団地に引越してくることができた。だがホッとしたのも束の間、ある雨の夜に、びしょ濡れの元夫がひょっこり訪ねてきたという。一刻も早く帰ってほしくて、生活保護費の中から一万円を渡したのがよくなかった。味を占めた元夫は、その後もちょくちょく訪れるようになった。金を出し渋ると、近所中に聞こえるほど大声で叫んだり玄関を力任せに連打したりした。

玄関先で大暴れした挙句、「覚えてろよ」と捨て台詞《ぜりふ》を残して帰っていった翌日、姑の多喜が訪ねてきたという。てっきり苦情を言いにきたと思った。引越しの挨拶のときでも、姑は上から下まで遠慮なく沙奈江をジロジロ見たうえに、ニコリともしなかったから、歓迎されていないと感じていた。もしかして生活保護を受けている母子家庭だと事前に情報が漏れているのではないかと疑ったほどだ。

――昨日の夜お宅の玄関前で騒いでた男は誰なんだい？　元亭主だろ？　やっぱりそうか。金をせびりに来たのかい？　いくら渡せって言われたの？　きっぱり断ったのかい？　玄関先で帰っていったよね。なんで上がり込まなかったの？　なるほどチェーンを外さなかったのか。そりゃあ賢明だよ。娘さんも怯《おび》えてただろ。かわいそうにね。この団地は外廊下側にも窓があるから、光が漏れて居留守《いるす》が使えないんだよね。何かいい方法がないか考えておくよ。

そう言って、娘ともども家に招き入れ、熱いココアを淹れてくれたという。帰りには煮物とみかんを持たせてくれた。

――逃げ道を作ろう。

その数日後、姑から言われた。何のことかと思っていると、ベランダの仕切り板の下半分をくり貫《ぬ》いてしまおうと言う。

――いいんだよ。ほら、ここに亀裂が入ってるだろ。いくら私でも新品なら躊躇するけど、もうだいぶ老朽化しているから穴くらい空けたっていいんだよ。

わけのわからない論理だったが、姑の表情が真剣だったし態度も毅然としていたので、思わず頷いてしまった。

その後は、元亭主が来るたびにベランダの穴を通って、姑の部屋へ逃れた。何よりも助かったのは、当時中学生だった娘の美咲《みさき》の情緒が安定してきたことだった。手を差し伸べてくれるおばあさんが隣家にいると思うと、今まで一瞬たりとも逃れられなかった恐怖心が和らいだ。

そして、姑は美咲に勉強を教えてくれたのだという。

「えっ？　お義母さんは、中学生に勉強を教えることができたんですか？」

「うちの子は小学校三年生の頃から落ちこぼれてたんです。美咲には私のようになってほしくなかったのに、やっぱり私のように育っちゃって……。多喜さんは漢字や算数の基礎を教えてくださったんです。美咲は気が弱くて自分に自信が持てない子供だったんだけど、多喜さんのお陰でちょっとずつ明るくなりました」

そう言うと、沙奈江は涙ぐんだ。

「今はもう大丈夫なの？　もう訪ねてこない？」

「もう来ません。風の噂によると、新しい女を見つけたみたいです」

「そう、それはよかった」

チョコレートを口に放り込み、熱い紅茶を飲むと安心感とともに甘みが口いっぱいに広がった。

「ウサギのこと、ごめんなさいね。いつまでもお世話になってしまって」

言いたいことは色々あった。

乳癌の手術のこと知らなかったのよ。一見深刻そうに見えないから、生活保護を不正に受けている狡《ずる》い人だと勝手に思ってたの。人それぞれ事情があるだろうに、浅慮な自分が恥ずかしくなるわ。もしかして、他人に厳しいところは母譲りなのかもしれないわね。

「私なら大丈夫ですよ、ウサギの世話はそれほど大変じゃないですから」

「うちの夫がペットを運ぶ業者を手配してくれるのよ。遅くとも週末には運べるから」

「それは助かります」

やはり、ウサギは負担だったらしい。

晴れやかな表情に、ウサギの世話から解放される喜びが見えた。

「多喜さんが懐かしいです。ウサギの世話から解放されてもらいたかったなあ。多喜さんはいつもせかせかして忙しそうで……」

沙奈江は何を思い出したのか、フフフと笑った。「お節介で、怒りっぽくて、涙もろくて、本当にわかりやすい人でした」

「あの人は、空気を読むってことがなかったよね」と望登子は言った。

すぐに、そうですね、と言って笑ってくれると思ったら、沙奈江は一瞬にして真顔になった。

「どうしたの？」

「ええ……多喜さんによく注意されたんです。空気を読むなって」

「え？　それはどういう意味なの？」

「沙奈江の悪いところは、人の顔色ばかり見るところだって」

「ああ、確かにそうかもしれないわね」

暴力亭主からなかなか逃れられなかった過去や、フミという女に付きまとわれていることを見てもわかる。

「他人より自分の気持ちを大事にしろって、口を酸っぱくして言われました」

「そうは言っても、言うは易《やす》し、行うは難《かた》しよね」

「多喜さんが方法を教えてくれたんです。まず、相手にわからないように、そっと深呼吸して、自分の正直な気持ちは何だと自分に問いかけるんです。例えばフミさんが来た場合だと、フミさんに帰ってもらいたいと思っている自分の気持ちがわかるんです」

「でもさ、帰ってほしいなんて、言いにくいでしょ」

「そうなんです。だからそういうときは、具合が悪くなってきたから横になりたいと言えと多喜さんに言われました」

そう言うと、沙奈江は自嘲《じちょう》気味な笑いを漏らした。「こんなこと小学生でも思いつくような嘘ですよね。だけど、それを私は言えなかったんです。相手の気持ちばかりを優先してしまって。本当に具合が悪い日も少なくなかったのに」

「差し出がましいこと言うようだけど、フミさんとはもうつき合わない方がいいんじゃない?」

「フミさんは本当は弱い人なんです。多喜さんの教えに従って私が強く出ると、途端に気弱になってしまうような人なんです。最近は立場が逆転しつつあるんです」

「あ、そういえば……」そんな光景を目にしたことがあった。

「彼女も寂しいんです。去年の暮れにハローワークで知り合ったんですけどね、彼女も貧乏だし一人ぼっちなんです。だから、しばらくつき合ってみます。ご心配ありがとうございます」

「沙奈江さんがそう言うなら、それでいいのかもしれない。それとね、前から聞きたいと思ってたんだけど、冷蔵庫に入ってた腐りかけの野菜とか、ベランダの植木鉢を整理してくれたの、沙奈江さんだよね？」

「……そうです。すみません」

沙奈江は悪さがばれたときの子供のように、おっかなびっくりでこちらを見た。

「助かった。ありがとう。だけどあんな大きな石、どうやって運んだの？」

「あれはラジープが運びました。あ、インド人の彼のことです」

「そうだったの。彼にもお礼を伝えておいてね」

「勝手に忍び込んで申し訳ありませんでした。生前は多喜さんには本当にお世話になったので、何か恩返しをしたかったんです。だけど、何ひとつ思い浮かびませんでした。なんせお金がありませんから。でもベランダ越しに望登子さんの独り言が聞こえちゃったんです。多喜さんに対して怒り爆発でしたよね」

「恥ずかしい。あのときは本当に困り果ててたの。枯れた草木や土が放ったらかしで」

「仕方ないですよ。誰だって明日死ぬかもしれないなんて考えて生きてませんもん」

「確かにね。そういえば、日菜子ちゃんは義母が亡くなって寂しいんじゃないかしら」

「大丈夫みたいですよ。新しい友だちができたらしくて、その家のママに優しくしてもらっているようですから」

「そう、それなら安心だわ」

「多喜さんに会いたいなあ」と、沙奈江は宙を見つめてポツリと言った。

そのとき、天井の隅で姑がニヤリとした気がした。

姑を思い出すときは、苦笑や怒りが交錯する。数あるエピソードを思い出しては、呆れたり、頭に来たりと色々だ。

だが、実家の母を思い出すときの、この寂しさと言ったら……。

もっと我儘《わがまま》に思ったように生きてもらいたかった。たまには迷惑をかけてもらいたかった。姑みたいに、たくさんのエピソードを残してほしかった。それどころか、どういう性格の人だったのか、何を思って暮らしていたのかもわからない。

お母さん、あなたは立派すぎましたよ。自制心が強すぎるのもどうなんでしょう。

お母さんの本音はどこにあったんですか？

お母さんは幸せだったんでしょうか。

猫くらい飼ってもよかったんですよ。

達彦も美紀さんもいるんだし、なんなら私が引き取ってあげてもよかった。それに、姪や甥や、その子供の世代も入れると、猫一匹くらい引き受けてくれる親戚は何人もいたんじゃないですか？

それに比べて、お義母さんは、ある意味嫁孝行でしたよ。だって私は悔いを感じませんもの。お義母さんの独りよがりの発言や滑稽《こっけい》な行動は、いま思い出しても笑えます。だから、ああしてあげればよかった、こうしてあげればよかったという悔いも、どちらかといえば少ない方だと思います。

姑は我儘な人で、そして幸せな人でした。

そして……亡くなった今も、心の中で会話することがあるんです。そのほとんどが「お義母さん、いい加減にしてくださいっ」って怒ってばかりだけどね。それだけ近しい人だったんです。

子育てで忙しかった頃も、お義母さんは古い知識を押しつけてきました。私が妊娠中のときも、お腹に子供がいるのだから二倍食べろなどと今や非常識となっていることを口うるさく言ってきたものです。それに比べて、お母さんは何も言わなかった。若い人には若い人のやり方があると言ってたよね。だからお母さんに苛々させられることはほとんどありませんでした。

あれ？　やっぱり、お母さんの方が立派かも……。

人それぞれ個性があるということでしょうか。

どの人も一長一短ということですか？

15

今日は忙しい一日になる。

やっと片づけ最終日となった。

午前中は電気屋が来ることになっている。エアコンを取り外し、テレビ、洗濯機、冷蔵庫も持ち帰って処分してもらう。午後は引越し業者が来て、マンションに運ぶ荷物を持ち帰り、倉庫に一日置いてから明日の朝、マンションへ運び入れてもらう段取りとなっている。

ウサギは既にペットの引越し業者に運んでもらい、マンションのリビングで鼻をヒクヒクさせている。夫は飼育方法の本を何冊も買い、今のところは得意げに面倒を見ている。休日にはマンションの庭を散歩させると張り切っていた。

まだ残っていたゴミを、ゴミ置き場へ捨てに行った。何往復もしたが、今日で最後だと思うと、心は軽かった。

他に忘れていることはないかな。ガスと電気と水道は止めるよう依頼済みだし。

うん、大丈夫。

全ての部屋を回り、順にカーテンを取り外して折り畳んでいった。どのカーテンも比較的新しい物ばかりだと思っていたら、押入れの奥から古いカーテンがどっさり出てきたのだった。それらは先々週、丹野に手伝ってもらって古布の資源回収に出した。レースのカーテンと合わせて十数枚もあり、どっしりと重かった。

しつこいようですけどね、お義母さん、新しいのを買ったんなら古いのは捨ててくださいね。古いのを大事に取っておいて、いったい何に使うつもりだったんですか？　いいえ、それ以前に買い替える必要があったんでしょうか。扇風機は頑固に買い替えなかったのに、どうしてカーテンは頻繁に買い替えていたんですか？　気分を変えるためですか？

ほんと、いい加減にしてくださいね。

取り外したカーテンは、丹野が全部もらってくれることになっている。自宅のカーテンが古びてきたので、ちょうど買い替えたいと思っていたところだと言っていた。

天井の照明は、夫が昨夜会社帰りにここに寄り、取り外しておいてくれた。これらも自治会の役員の中で欲しい人がいるらしく、取りにきてくれることになっている。

慌ただしい一日は、あっという間に過ぎた。

今日は何もかもが予定通りに進んだ。

時間通りに電気屋が来たし、昼過ぎに引越し業者も来た。そのあと丹野がカーテンを、そして自治会の男性が照明を取りにきてくれたので、部屋の中が空っぽになった。

ガランとした部屋の隅々まで掃除機をかけた。最後まで掃除機は捨てずにおいた。今日の帰り際に粗大ゴミシールを貼ってゴミ置き場に出しておく予定だ。

後日、デパートから自治会宛に菓子折りが届く手はずも整えてある。沙奈江には大量の切手アルバムを何冊か貰ってもらった。切手はゆうパックの代金としても使えるらしいから、京都の娘に何かを送ってやるときに役立ててもらいたい。

大量のテレフォンカードは、丹野に託した。児童養護施設に寄付してくれるらしい。

居間の畳の上に足を投げ出して座った。背中側の畳に両手をついて、カーテンのない窓から空を見上げた。雲ひとつない青空が広がっていて眩しいほどだ。

ああ、やっと終わった。

目を瞑って深呼吸すると、清々しい気持ちになった。

夥しい数の遺品は、永遠に片づかないのではないかと思うほどだったが、終わってみれば、あっという間だった。

姑が生きていた証《あかし》が、そこかしこにあった。人間とは、日々の暮らしの中でこうも大量の物に囲まれているらしい。

それに比べて……ねえ、お母さん。指輪ひとつだけポツンと遺されていた光景は、何度思い出しても寂しいです。

「よしっ、これで終わりっ」

自分に号令をかけ、勢いよく立ち上がった。

掃除機に粗大ゴミシールを貼り、ゴミ置き場へ持っていく。そしてその足で、とうとう管理事務所に鍵を返しに行った。

もう手許に鍵はない。

あの部屋には二度と入ることはできないのだ。

そう思うと寂しさがこみ上げてきた。

16

冬美と二人で行きたいのはニューヨークだが、今回は、はとバスに乗った。

海ほたるの全面ガラス張りのカフェで、海を眺めながらコーヒーを飲んだ。

もうあと少しで四月だが、ここ数日は冷え込んでいる。

「素敵な所だね」

「うん、来てよかった」

大きな貨物船や、羽田から飛び立つ飛行機が見える。

海の青と雲ひとつない青空の境目がはっきりしない。青一色の世界だった。

冬美は大きな伸びをした。実母を引き取って、まだ一週間しか経っていないのに既にストレスが溜まっていると言う。今日はデイサービスに行ってもらったらしい。

「お姑さんの部屋、やっと全部片づいたんだってね」

「そうなの。長かったような短かったような、濃厚な二ヶ月半だったよ」

「よく頑張ったね。感心しちゃう。私なんかすぐに音《ね》を上げて業者を呼んだのに」

最初の頃は業者に頼んだ冬美が羨ましかった。でも、今はそうは思わない。

姑が遺した物をひとつひとつ手にとってみることが、自分にとって重要な意味を持っていた。あの団地の部屋にあった夥しい数の遺品は、姑の人生を凝縮して見せてくれた。

「どうしてもっと母やお姑さんと話をしておかなかったのかと思う」

「親に死なれると、みんなそう思うみたいだよ」

「冬美さんもそう思った？」

「もちろん。父の若い頃のことなんて断片的にしか知らないもの。もっと聞いておけばよかった。後悔しないように母には今のうちに色んなことを聞いておかなきゃね」

「私も聞いておけばよかった。本当に惜しいことをしたわ」

「でも仕方がないとも思うよ。親が死んだからこそ、遺された方は優しい気持ちになるんだもの。父が生きていたときなんて、口を開けば喧嘩ばかりしてた。望登子さんだって、姑なんか鬱陶しい以外の何者でもないなんて、しょっちゅう言ってたじゃない」

「そう言われればそうだった」

目を見合わせて互いにプッと噴き出したが、心の奥はシンとしていた。

「でも、どうやってたった二ヶ月半で片づけられたの？」

「実は手助けしてくれる人がたくさん現れてね」

丹野を始めとする自治会の人々、そして沙奈江のことなどを話して聞かせた。

「それは良かったね」

「あ、そろそろ集合時間だ」

バスに戻り、東京湾アクアラインを通ったあと、マザー牧場へ行った。羊や牛を見て回ったあと、菜の花が満開の中でベンチに並んで座り、ソフトクリームを舐めた。

「前にも言ったけど、業者に任せたことで、何か大きなものを見落としたんじゃないかって。金目の物という意味じゃなくて、思い出があちこちに残っていたはずなの」

冬美はそう言うと、寂しそうな顔で黄色一色の丘に目をやった。

「一長一短よ。それぞれに忙しいから、あんなに物を遺されたらやっぱり大変。私はたまたま自治会の人たちに手伝ってもらえたけど、普通はそうはいかないでしょう。あの手助けがなかったら、私だって業者に頼んでいたかもしれない」

「そう言ってくれると救われるよ。で、ダンナさんはちゃんと手伝ってくれたの？」

「土日には必ず連れてったよ。それにね、夫にもいい影響をもたらしたの」

「どんな？」

「夫が自分の部屋の断捨離を始めたのよ」

「だって、お姑さんの所から大量に思い出の品を運び入れたんでしょう?」

「すぐに後悔したみたいだった。少しずつ捨てていって、結局はほとんど残ってない」

「へえ、ひとつも捨てられない人だって言ってたのにね」

「遺品整理がきっかけで、自分の物も捨てられるようになって部屋がすっきりしたわ」

「すごい収穫じゃないの」

「で、冬美さんは、あれから実家の方はどうなったの? 売れた?」

「まだオファーがないのよ」

「すぐに売れてしまうよりいいかもよ。うちは既に人手に渡ってしまって取り壊されたの。寂しかった」

「うちの実家も売れたらきっと取り壊されるよ。老朽化してるから」と冬美も残念そうに言う。

「そのままだとしても、他人の手に渡ったら、二度と家の中には入れないでしょう」

「そうだね」と、冬美は寂しそうに答えた。「なかなか売れないのも困ったものだけど、覚悟を固めるための猶予《ゆうよ》を与えられてると考えるとありがたいね。もう一回、実家を見に帰ってみようかな」

「そろそろバスに戻る時間よ」と腕時計を見た。

ツアーではマイペースとはいかない。

二人同時にベンチから立ち上がり、若い添乗員の元へ急ぎ足で向かった。

17

姑の部屋の片づけのために、パートを休みすぎた。

収入が激減したのもあるし、店長やパート仲間にも迷惑をかけた。だから四月に入ってからは、みんなが嫌がる土日に出勤するようシフトを組んでもらった。

陽気がいいこともあり、今日は客の入りが多くて、一日があっという間に過ぎた。望登子は充実感を土産に自宅マンションのエレベーターを降りると、立ち止まって周りを見回した。

いつ頃からか、真っ直ぐ自宅のドアを目指して歩くのではなく、それとなく青ちゃんを目で探すようになった。見当たらないときには、エレベーター脇にある階段の暗がりを覗いてみる。そこにうずくまっているのを見かけることも多かった。だが見つけたところで、特に何かをしてあげるわけでもない。

――こんばんは。お母さんはまだ帰ってこないの？

――うん。

いつも、すぐに会話は終わる。

寒いでしょう、素足じゃないの、お腹が空いているんでしょう……と喉まで出かかる。だが、その度に夫の言葉が甦る。

――関わり合うなよ。

夫の考えには一理ある。田舎育ちの自分には到底理解できないような人間が都会にはたくさん住んでいる。それに、各家庭ごとに事情があり教育方針がある。鍵っ子という言葉は、自分たち夫婦が生まれた昭和三十年代から既にあった。核家族で夫婦共働きとなれば、青ちゃんみたいな子は普通にいる。こんな家庭は日本にゴマンとある。

両親の通勤スタイルを見る限り、貧乏には思えない。どちらかというと高収入夫婦に見える。だったら買い置きの菓子パンやスナック菓子くらいあるのではないか。栄養を考えて高級なグラノーラがあるかもしれない。だが青ちゃんは共有廊下に出てきて、親が帰るのを今か今かと待っている。だから、こちらまで切なくなる。ただそれだけのことだ。家に入ってテレビでも見ていればいいのだ。

自分が子供だった昭和時代なら、それも田舎なら、隣近所の家に上がり込んで夕飯くらいご馳走になったかもしれない。実際、望登子も小学生のとき、同級生の家で遊びに夢中になって外が暗くなっているのに気づかないことがときどきあった。そんなとき、その家で夕飯をご馳走になったことが何度かある。だが今は、人とのつき合いが希薄になった。でも姑だけは違った。昔ながらのつき合いを、この時代に、それも東京で続けていたのだ。

階段の暗がりも覗いてみたが、今日は珍しく青ちゃんはいなかった。

そうだった、今日は土曜日なのだ。

両親が家にいるのだろう。それとも家族揃って外食かもしれない。そうならいいが、以前、土日でも青ちゃんが外廊下にいることがあった。尋ねてみると、青ちゃんは小さな声で答えた。

――お父さんはカイシャ、お母さんはオーサカにシッチョーなの。

部屋の電気が点いているかどうかは、玄関ドアのある廊下側から見てもわからない。中の様子を探ろうと思えば、エレベーターで一階まで降りて、庭の方へ回って上を見上げなければわからない。いくらなんでも、そこまでする必要はない。青ちゃんの若い両親とは話をしたこともないし、そこまで心配する義理もない。

このマンションは少しグレードが高いから、上下階や両隣の物音はあまり聞こえない。ロビーの掲示板に騒音の苦情が張り出されることもあるが、大抵は小さな子供がテーブルやベッドから飛び降りて遊んだり、壁に体当たりしたりした場合だ。

隣近所の物音が聞こえないからストレスを感じることが少なくて、快適な住居のはずだった。だが、そうなると、青ちゃんの様子はまるでわからない。

バッグから鍵を取り出し、玄関ドアを開ける。レジ袋が腕に食い込んで痛かった。帰りに寄ったスーパーで、大きな大根が安かったのでつい買ってしまったのだ。

「ただいまあ」

そう言いながら靴を脱ごうと三和土《たたき》を見ると、小さな靴が行儀よく並べてあった。

誰の靴だろう。

「お帰り」

そう言って夫がリビングのドアを開けて玄関に現れた。

「えっ？」

夫の背後に小さな影があった。

もしかして……。

「青ちゃん？」

「そうなんだよ」と夫が照れたように笑う。

望登子は驚いて、夫と青ちゃんを何度も交互に見た。

「ウサギを見にくるかって聞いたら、見たいって言うからさ」

夫は姑に似ているらしい。本当は青ちゃんのことが気になって仕方がなかったのだ。

良かった。夫が姑の気質を継いでいてくれて。

「でも大丈夫なの？　勝手に連れてきたりして誘拐だと思われない？」

「メモをドアポストに入れておいた。うちで遊んでますって、部屋番号と電話番号を書いて」

青ちゃんが神妙な顔で望登子をじっと見上げている。こちらの反応を窺っているように見えたので、慌てて満面の笑みを作った。

「よく来てくれたわね。お名前は？」

「藤田朝陽《ふじたあさひ》です」

「そう、朝陽くん。いいお名前ね。さあさ、寒いからリビングに入りましょう」

三人でぞろぞろとリビングへ入る。重いレジ袋は夫がひょいと持ち上げてくれた。

「お腹空いてるんじゃない？」

「ごめん、朝陽くんと二人で先に食べちゃったよ」

「何を？」

「トーストと、トマト入りスクランブルエッグとホットミルク。スクランブルエッグは望登子の分も作ってあるぞ」

「ありがとう。いただくわ。で、朝陽くんは、ウサギのこと、どう思った？　おデブちゃんでびっくりした？」

そう尋ねると、朝陽は「うん」と言ってからフフッと笑った。笑顔を見たのは初めてだった。

「いつもお母さんは帰りが遅いの？」

そう尋ねると、一瞬にして笑顔が消えた。「ママのこと叱らないで」

「え？」

思わず夫と顔を見合わせた。

「ママは一生懸命お仕事してるんだから」

「もちろんわかってるわよ。叱ったりしないわよ。立派なママね。偉いと思うわ」

そう言うと、安心したような顔をした。

きっと、母親を責める人が周りにいるのだろう。

「リンゴ剝《む》いてあげる。食べるよね？」

「うん、食べる」と、子供らしい無邪気な笑顔を見せた。

三人で蜜《みつ》の入った美味しいリンゴを食べていると、チャイムが鳴った。

インターフォンの画像を覗き込むと、「あっ、ママだ」と背後で見ていた朝陽が言った。

家の中では走らないように言われているのか、朝陽は靴下をすうっと滑らせるようにして音をさせずに玄関へ急ぐ。その後ろ姿がなんとも言えず滑稽で可愛らしかった。

ドアを開けると、小柄で細身の女性が立っていた。紺色のスーツの胸元から、センスのいいスカーフが覗いている。

「隣に住んでいる藤田でございます」

「ママ、お帰りっ」と元気よく朝陽は言い、自分の靴に足を突っ込もうとしている。

「朝陽がお世話になったようで、ありがとうございました」

愛想良くしようと努めているようだが、疲労が顔に滲み出ていた。

「勝手に連れてきてしまってごめんなさいね」と望登子は謝った。

「いえ、とんでもないです。家の中にいるように何度言っても、エレベーター付近をウロチョロするもんですから、心配していたんです」

「僕が誘ったんです。朝陽くん、寒そうにしてたから」と、夫は穏やかな笑顔を添えて言った。

「簡単な夕食を一緒に食べたんですよ。トーストとトマトの入ったスクランブルエッグとホットミルクです」

「まあ、そんなことまでしてくださって……」

余計なことをして、と怒るかと思ったらホッとしたような顔をしている。少し穏やかな表情になった。

「朝陽、良かったわね。あなたもお礼を言いなさい」

「僕、とっくに言ったよ」と口を尖らせて、母親の腿に両手を回して抱きついている。

「よろしかったら、ちょっと上がっていきませんか?」と望登子が言うと、「えっ?」

と母親は驚いたように、目を見開いてこちらを見た。

家の中を見せておいた方がいいと咄嗟に判断したのだった。今後また朝陽が遊びにくることもあるかもしれない。家の中を見ておくのとそうでないのとでは、母親としての安心感がまるで違うはずだ。荒《すさ》んだ汚部屋なら二度と子供を行かせたくないし、清潔で温かな雰囲気の住まいなら母親も安心するだろう。

とはいえ、判断基準は人それぞれだ。だから、母親が自分の目で見て確認すればいい。

「ママにもウサギを紹介しておいた方がいいかもね」と夫が言う。

「ママ、この家にはウサギがいるんだよ」

「あら、そうなの？」

「すごいウサギなんだよ。見せてもらったら？」

「どうぞ、お上がりください」とスリッパを揃えた。

「そうですか……それでは、すみません。お邪魔いたします」

リビングへ入ると、母親は言った。「素敵なおうちですね。うちとは大違いだわ。うちは散らかっていて……」

「忙しいんだもの、仕方ないですよ」

望登子がそう言うと、母親は寂しそうに微笑んだ。

「これがウサギ？　へえ、大きいのね」

「すごいでしょう。ママ、びっくりしたでしょう」と、朝陽は自分の手柄のように得意そうな顔をした。

「おじさん、またウサギを見にきてもいい？」

「もちろんだよ。いつでもおいで」

「本当にありがとうございます」と、母親も嬉しそうな顔をした。

朝陽と母親が帰っていくと、夫が思い出したように言った。「そういえば、望登子に小包が届いてたぞ」

「私に？　通販で何か買ったんだっけかな」

「違うよ。美紀さんからだよ」

出窓に置いてある小包は、小さめだが重かった。

開けてみると手の平サイズの手帳が何十冊も入っていた。黒の合皮に実家近くの信用金庫の名前が金色で印刷されている。

薄い封筒が一通入っていた。中からピンクの花柄の便箋《びんせん》を取り出すと、青いインクの流れるような達筆が認《したた》められていた。美紀の字だ。

——その後、お元気でお暮らしでしょうか。

こちらは、なんとかやっております。

倉庫を整理しておりましたら、お母様の手帳が出てまいりました。達彦さんに相談したら、お姉様に全部送るようにとのことでしたので、送らせていただきます。

私はお母様のことを尊敬しておりました。お母様のように、自分をしっかり持った女性になりたいと思い続けていますが、なかなか難しいようです。

今度引越したマンションは手狭ではありますが、何もかもが最新式で使い勝手が良く快適に過ごしております。是非一度遊びにいらしてくださいね。達彦さんが定年退職したのちは東京へ引越しますので、そのときは、ご指導のほど、よろしくお願いいたします。


母の物だという手帳を、パラパラとめくってみた。

その日にあったことが、ほんの一、二行で簡潔に書かれている。

望登子が生まれた年から、母が死ぬまでの約四十年分、つまり四十冊あった。

ためしに、自分が生まれた日のページをめくってみた。

——第一子誕生、望登子と名付けた。これで私の人生から孤独という文字が消えた。

スッと心に染み込んだ。自分も第一子を産んだときに同じことを思ったのだった。

翌日のメモを読む。

——なんて可愛いのだろう。本人が自立できるよう育てたい。それには母親があまり口出ししないこと。

生まれたばかりなのに、もう将来のことを考えていたらしい。そして既に母親としての自分を律しようと努め始めている。

お母さん、文章が短いだけに、グッときます。

明日から少しずつゆっくり読ませてもらいますね。

お母さんが、どんなことに喜びを感じ、何に怒り、悲しみをどう処理し、どう人生を楽しんだかを、教えてもらいたいです。だってわざと遺してくれたんでしょう? きっとそうよね。

ふとそのとき、姑の遺した大学ノートを思い出した。

思わず苦笑が漏れる。

母は何事においても簡潔明瞭《めいりよう》で、姑のようにだらだらと文章を書いたりはしなかった。

人それぞれだよね。お母さんは、何かにつけて人と比べるのを嫌っていたもの。

お母さんとお義母さんから、たくさんのことを学ばせてもらいましたよ。
望登子は幸せ者です。

解説

門賀美央子《もんがみおこ》（文筆家）

遺品整理。

この文字を見ただけでため息が出る。寒気がする。怖気《おぞけ》がはしる。

あゝ、あの恐ろしい体験！

私は以前、とあるお宅の遺品整理を手伝った。亡き姑《しゅうとめ》・多喜《たき》宅の後始末をすることになる本書の主人公・望登子《もとこ》とは違い、赤の他人の遺品整理だったが（なぜそんな事態になったのかを説明しだすと長くなるので省略）、片付ける家屋にはじめて一歩踏み込んだ瞬間の、あの目眩《めまい》がするような感覚は今も忘れられない。

玄関を通り抜け、台所に入る引き戸をあけたら、そこは物の山だった。いや、物の日本アルプスだ。見渡す限り山、山、山。物は空中にも浮かんでいた。部屋に架けられた何本もの物干し竿《ざお》に、洋服類がぎっしりとぶら下がっていたのだ。ゴミ屋敷とまではいわないが、それにかなり近い状態だった。

そして、できれば一生見ずに済ませたかったようなものも、たくさん発見した。中身が変色した瓶詰めやら、ガスで膨らんだ缶詰なんてかわいい方。人がいなくなった家というのは、小さな住人たちにとっての極楽だ。なんというか、それはもうのびのびと暮らしておられた。

思い出しただけで鳥肌が立ってくる。

だから、本作を読みながら、最初のうちはこう思ったのだ。

望登子、あなたのお姑さんのお部屋、普通に歩けるんなら全然マシよ、と。

だが、読み進めるうちに全力で望登子を止めたくなった。

ひとりで全部片付けるつもり？　そんな無茶な！　おやめなさい！

遺品整理というのは、やったことがない人が想像する何倍、いや何十倍も骨が折れる。業者に頼むのであればともかく、個人でやると作業量は膨大だ。単にゴミの取りまとめだけでなく、ゴミ捨て場への運搬、さらに粗大ゴミ廃棄の手配などなど、やるべきことが山のように出てくるのだ。そもそも、いちいち分別をしていたら、それだけで何日かかるかわかったものではない。

その辺りのリアルなところは、ぜひ本書で疑似体験してほしいのだが、とにかく経験者として「ひとりで遺品整理」は絶対におすすめしない。

望登子だって、絶望的状況を前に業者への依頼を検討する。だが、経済事情がそれを許さなかった。多喜は一銭にもならなさそうな遺品はたんまり残したのに、財産はさっぱりだったのだ。

これはたまらない。ストレスが爆発して当然だ。

しかも、望登子の場合、月とスッポンの比較対象がいた。

実母だ。癌《がん》で六十八歳という若さ（現代の平均年齢を考えれば十分若い）で亡くなった実母は、余命を知ると早々に死に支度を始め、すべてを始末して旅立っていった。お手本のような死に際を見せた実母と、急死だったとはいえ何一つ片付けずに逝《い》った姑。

望登子が姑を恨《うら》めしく思い、悪《あ》しざまに言いたくなる気持ちもわかるではないか。だが、そこで終わらせないのが垣谷美雨《かきやみう》という書き手。

垣谷さんは、これまでも数多くの「女性にとって身近だけど深刻な問題」をテーマにした小説を書いてきた。たとえば、テレビドラマの原作になった『夫のカノジョ』は、専業主婦とOLという立場の違う二人の人格が入れ替わることで、女性が見失いがちな「自分らしさ」を発見していく物語だ。また、二〇二〇年に映画化された『老後の資金がありません』は、誰もが不安に感じる老後資金の問題から始まり、年金詐欺《さぎ》などさまざまな社会問題にまで切り込んでいる。本作の「遺品整理」だって、身近だけれど、結構重い問題だ。

現代は、誰もが遺品整理の問題に直面することになった初めての時代といえる。

かつては一般庶民が個人で大量の物品を所有するなんてありえなかった。戦後の大量生産大量消費時代に入るまで、長屋でひとり死んでいくような老人なら、家財道具といえば鍋釜布団、あとはすぐに叩《たた》き潰《つぶ》して焚付《たきつけ》にできる木製家具ぐらいが関の山だっただろう。多少何かが残ったところで、古道具屋に頼めばあっという間に片付いた。遺品がたくさん残るようなケースはある程度の素封家《そほうか》、つまり代々同じ家に住み続け、しっかりした相続人がいる家でしか起こらない。だから、誰かが死んだからといって慌てて遺品整理、なんて話にはならなかったのだ。

だが、今は違う。貸家での一人暮らしでも家具や家電製品は一通り揃《そろ》えるし、人生が長くなった分、溜《た》め込む品々も多くなる。けれどもこのモノ溢《あふ》れの時代、よほど値打ちがない限りリサイクルに出すのも一苦労だし、出せない物も多い。廃棄するにも金がかかる。

そんな世の中ゆえ断捨離や生前整理が流行《はや》るのだろうが、完璧に実行できるのは望登子の実母のような意識が超高い人だけだろう。なにせ、自ら死に時を見極め、従容と受け入れられるような女性なのだ。まるで古武士のようというか、とにかく人としての出来が違う。

私も含め、ほとんどの人が姑サイドにいるはずだ。いい加減死に支度をしておかなくてはいけない年なのに、どうしても自分が死ぬとは思えない。だから、結局なにもしない。普通はそんなものだろう。

けれども、人は必ず死ぬ。それを直視しないと、困ったことになる。

問題としてはヘヴィだ。でも、垣谷さんの手にかかれば軽やかな物語になる。そして、望登子の経験を通して、最終的には「人の在り方」という大きな問題に繋《つな》げていく。

最初は不平不満しかなかった望登子は、作業を進めていくにつれ、二人の母——実母と姑の人生について深く考える時間を持つことになった。

実母に比べればだらしないだけだったはずの多喜の最期。だが、彼女の終《つい》の棲家《すみか》となった団地に通ううちに、望登子は隣人とともに歩もうとしていた多喜の生き様を知る。

そして、そんな人だからこそ可能になった「人生の後始末」を目の当《ま》たりにするのだ。

実母のように、自らの手で完全な段取りをしてこの世から去っていくのはひとつの理想だろう。けれども、それだけがすべてではないことを知る。

一長一短。

人それぞれ。

迷惑だったはずの姑の遺品整理を通じて、多くを学んでいく望登子の姿に、私なんかは大いに勇気づけられた。五十歳を過ぎてもまだ伸びしろがあるなんて、ちょっと希望が持てるではないか。

「他人様に迷惑をかけない」が国是のような世の中、自分が誰かに迷惑をかけることを過度に気にする人は少なくない。「家族に迷惑をかけたくない」は、その究極形だ。

だが、それは本当に家族を、自分以外の誰かを思いやっての気持ちなのだろうか。単に「他人からどう思われるか」に気を取られ、自縄自縛《じじょうじばく》に陥っているだけという可能性はないか。「誰にも迷惑をかけたくない」は、ひとつ間違えると、「迷惑さえかけなかったら何をしてもいい」という、ちょっと怖い発想にも繋がりかねない。

それに、そもそも、である。

人間関係における「迷惑」って一体何なのだろう。

姑と実母。ふたりの「最期」を比較することで、望登子は人生において見過ごしていた人間関係の意味を見出《みいだ》していく。望登子の発見は、自己責任論がまかり通り、希薄な関係をよしとする社会に一石を投ずるものだと思う。

経験を糧《かて》に得る知恵こそが宝。それが垣谷小説に通底するテーマなのかもしれない。

でも、やっぱりこれだけは。

もし、自分が多喜のような生き方をできない自覚があるなら、遺品整理の目処《めど》ぐらいはきちんと付けておきましょう。後に遺された人のために。そして何より自分のために。

本作品は二〇一九年二月、小社より単行本として刊行されました。

双葉文庫

か-36-09

姑《しゅうとめ》の遺品整理《いひんせいり》は、迷惑《めいわく》です

2022年4月17日　第1刷発行
2022年7月 8日　第9刷発行

【著者】
垣谷美雨《かきやみう》

【発行者】
箕浦克史
【発行所】
株式会社双葉社
〒162-8540 東京都新宿区東五軒町3番28号
［電話］03-5261-4818（営業部）　03-5261-4831（編集部）
www.futabasha.co.jp（双葉社の書籍・コミックが買えます）
【印刷所】
大日本印刷株式会社
【製本所】
大日本印刷株式会社
【カバー印刷】
株式会社久栄社
【DTP】
株式会社ビーワークス

【フォーマット・デザイン】
日下潤一

ISBN978-4-575-52562-5 C0193
Printed in Japan

夫のカノジョ

垣谷美雨

夫の浮気を疑った妻が、相手の女性のもとへ。言い争っているうちに、二人の身体が入れ替わってしまった！ 自分が変われば相手も変わる。ちょっと他人に優しくなれる、ifの世界をリアルに描く長編小説。

結婚相手は抽選で

垣谷美雨

少子化対策のため「抽選見合い結婚法」が施行されることに。強制的なお見合いに、モテない青年は万々歳、田舎で母親と暮らす看護師は、チャンスとばかりに単身東京へ。それぞれの婚活事情を描いた長編小説。

あなたの人生、片づけます

垣谷美雨

社内不倫に疲れたOL、妻に先立たれた老人、子に見捨てられた資産家、一つだけ片づいた部屋がある主婦……。片づけ屋・大庭十萬里は原因を探りながら汚部屋を綺麗に甦らせる。心もスッキリお片づけ小説。

あなたのゼイ肉、落とします

垣谷美雨

ダイエットは運動と食事制限だけではない。大庭小萬里の個別指導を受ければ、誰もが痩せられるという。どうやら、「心のゼイ肉」を落とすことも大事なようだ……。身も心も軽くなる、読んで痩せるダイエット小説。

リセット〈新装版〉

垣谷美雨

平凡に暮らしていた三人の女性が突然、高校時代にタイムスリップ。〝未来の想い出〟がリプレイされる毎日は、彼女たちを少しずつ変えていく。そして再び新しい人生へ。過去も未来も見つめ直す人生回復小説。